主编 凌翔

女儿有泪不轻弹

赵泽华 著

民主与建设出版社
·北京·

图书在版编目 (CIP) 数据

女儿有泪不轻弹 / 赵泽华著 . -- 北京：民主与建
设出版社，2023.1

ISBN 978-7-5139-4073-3

Ⅰ . ①女… Ⅱ . ①赵… Ⅲ . ①散文－中国－当代
Ⅳ . ① I267

中国国家版本馆 CIP 数据核字（2023）第 016316 号

女儿有泪不轻弹
NUER YOULEI BU QINGTAN

著　　者	赵泽华	
责任编辑	周佩芳	
出版发行	民主与建设出版社有限责任公司	
电　　话	（010）59417747　　59419778	
社　　址	北京市海淀区西三环中路 10 号望海楼 E 座 7 层	
邮　　编	100142	
印　　刷	三河市同力彩印有限公司	
版　　次	2023 年 1 月第 1 版	
印　　次	2023 年 3 月第 1 次印刷	
开　　本	710 毫米 ×1000 毫米　　1/16	
印　　张	14	
字　　数	200 千字	
书　　号	ISBN 978-7-5139-4073-3	
定　　价	59.80 元	

注：如有印、装质量问题，请与出版社联系。

目　录

第六辑

第一辑

欣赏生命

思考生命是从认识死亡开始的。

最初见到死亡，我还是一个天真的、没有经历过任何痛苦的小女孩。一天，正在外祖父种满花草的院子里玩儿"过家家"的游戏：我的小辫儿上，插几朵蓝紫色的喇叭花，在忙着给自己准备午餐，将泥土裹在葡萄叶子里做"饺子"。

忽然，一阵惊天动地的哭声和悲怆的乐声传来。我愣了一下，飞快地跑出院子，只见一队长长的送葬队伍正缓缓从门前经过。

小驴车嘎啦啦碾过石子路，车上停放着一口黑漆棺材，棺材顶部和四周堆放着素洁的花圈、用金银锡箔糊成的纸人纸马，还有一座精巧玲珑的纸房子及一架纺车。

后面跟着一大群身穿白粗麻布孝袍的男人、女人和孩子，他们脚蹬白鞋、头戴孝帽，腰间系着宽宽的白带子，女人们用手帕蒙住脸，唱歌似的长一声短一声地哭泣。

我没有像其他孩子那样追着队伍又喊又跳，就那么呆呆地站在路边，头上，还插着那几朵晒蔫了的喇叭花。

这件事过去很久，我都不能够忘记，那乐声里诉说的生命的秘密和悲凉，是那么深、那么痛地开启了我小小的心灵。

以后我长大。

在 20 多年的生命里，先后亲眼目睹了外祖父、外祖母和母亲的死亡。他们三人是我最挚爱的亲人——母亲给了我生命，外祖父母抚养了我。

他们都曾在病痛中挣扎良久，然后默默离去，没有留下一句话，但他们今生今世给予我的呵护与爱，是那么久远地深植在我的生命中。

多少年过去了，留在我心底的依然是一份抹不去的痛楚。

19 岁那年，在一场意外的车祸中，我也亲历了死亡，曾在生与死织成的暗夜里挣扎了七天七夜。

当时，医生告诉唯一守候在我身边的民弟，说我随时可能死去。

17 岁的民弟，不知如何准备后事，他只是不吃不睡，一直守在我的床前。

醒过来以后才明白：死亡，就是对这个世界毫无感知，没有爱没有恨没有欢乐，当然也没有痛苦。由此也才彻悟：那爱那欢乐连同痛苦也都如此珍贵，因为它们统统都是生命存在的证明。

后来，我做了母亲。

第一次在产院的育婴室门口看到那么多千姿百态的小生命——那些天使一样的婴儿，有的在安静地熟睡，有的挥舞粉嫩的小拳头大哭，还有的睁着黑亮的眼睛，懵懂地看着这个神奇梦幻的世界。

站在那里我禁不住泪水盈盈：这些生动可爱的小生命完全不同于死亡带给我的——他们在我的内心深处，激起一种真正圣洁美丽的感觉。

我又开始问自己那个久已困扰我的问题：生命是什么？

然后我对自己说：生命，就是一呼一吸之间；就是从出生走向死亡；

就是一张单程旅行车票；就是先把美好的东西一样样给你再一样样拿走的过程，而最后拿走的就是生命本身。

随着阅历和经历的增加，那种对于未知死亡的恐惧，渐渐变得淡薄了，我已经知道那是必然，死神同每一个人签约，没有人可以违约，所以不必自作多情——无论是乞丐还是君王都必须践约，听从死神的召唤，不能有一分一秒的延迟。

但是，结局一样，过程却可以截然不同。

就好比乘坐同一列火车旅行，有的人阅尽沿途秀丽江山、万千风景，而有的人只是吃吃喝喝或者昏昏欲睡，然后，糊里糊涂到站。

我想要说的是：由于我对生命的爱以及对生命越来越接近本质的认识，我的生命信念变得更加单纯明净。

在努力奋斗的同时，我也学会了享受和欣赏生命的美丽，而这些，多半与利益和物欲无关：没有利益和物欲的参加，我也照样获得许多快乐。

喜欢秋夜，静听着窗外风旋落叶的声音和秋虫的低吟，似乎听出一份幽怨，又听出一份安然；

喜欢雪后初晴洁白的路和房顶，喜欢听屋檐下雪水融化、滴落在松软的泥土里；

喜欢清晨一两声婉转悦耳的鸟鸣，好像整个世界都被唤醒并且变得清新；

喜欢贝多芬的《命运交响曲》，也同样喜欢《梁祝》小提琴协奏曲中那份动人的忧伤；

喜欢骑单车从高坡上飞快地下滑，让清爽的风柔柔地掠过面颊，将我棕黑的发向后高高扬起；

尤其喜欢窗外无声无息飘落细雨的时候，那细致晶莹的雨帘给我一种可以遮蔽的宁静和安全感。

只开一盏台灯，让金黄的光晕暖暖地罩着我，再放下白色纱窗帘，拥被读一本好书，那一刻真觉得做神仙的快乐也不过如此。

喜欢和爱人分饮一小杯红葡萄酒，喜欢在雪花无声飘落的冬夜静静遐思。

夜深了，我会起身为自己也为爱人加衣，再端来一碟巧克力夹心饼干、两杯清淡的热茶。

那瞬间的美丽便是永恒了。

拥有这样一个夜晚，也让我对生命心存感激和感动。

我并不在意世俗的名利和女人的虚荣，我只把握住实实在在的生活。我想告诉我爱和爱我的人们：拥有你的所有并懂得珍惜，这就是快乐无悔的人生了。

我的梦想

我喜欢梦想。

幼年时，我随外祖父母住在一座有影壁墙和月亮门的院子里，院子里是花的世界，在火红的石榴花旁，还放置着一个样式古朴的雕龙鱼盆，这是外祖父的一件心爱之物。

鱼盆内壁生满绿茸茸的青苔，将满盆清水浸染得无比幽深，水面轻轻漂浮着几枚圆圆小巧的浮萍。

我常常伫立在那里，看水中多姿多彩的鱼群嬉戏。

我梦想，变成它们中间最玲珑剔透的一个，我实在太喜欢那份淡泊宁静，太喜欢那片清凉凉水的世界。

我家的房顶很高很阔。

夜晚一闭灯，我便觉得什么地方开始沙沙窃响，玉兰花郁闷的香气四处弥漫，无边的黑暗张开巨网将我裹起来，严丝合缝，眼前也生动幻化出许多鬼怪的故事。我屏住呼吸，一动也不敢动，只有梦想如小精灵一般活跃。

我梦想用玻璃做纯蓝的房顶，上面镶嵌玉色的月儿和闪闪灭灭的小星，遁入睡眠便遁入美丽的虚幻。

我的外祖母从很年轻时起就常年卧病在床。

清晨，上学前，是外祖父为我和小姨准备早饭、削铅笔、抿着水为我们梳两条光溜水滑的垂肩小辫。

外祖父的手指修长，他把铅笔削得细细的、尖尖的，一支支码放在铅笔盒里，他编的小辫儿，像小算盘子一样仔密秀气。

我梦想有一个白胡子老神仙能治好外祖母的病，为了这个梦想，我曾在暗夜里睁大眼睛痴痴地等待。

我的班主任老师常常在冷雨敲窗或天空静静飘着雪花时，为我们吟诵一些著名散文，如《荔枝蜜》《茶花赋》，我听得入迷，下课铃响时竟不知身在何处。

毕业考试中，我的作文成绩获全班唯一的 100 分。

我梦想，长大做一名文学家，也写出美丽的书。

我在如醉如痴的梦想中长成 18 岁。

在上山下乡运动中，我报名去了内蒙古，这无奈的选择仍有几分浪漫：

我梦想，在织锦般的草原上骑一匹纯黑的马，它的鬃毛卷曲发亮、四蹄雪白、奔驰如飞，身边是如云的羊群、撒欢的马驹，还有悠悠的牧笛、青草的芬芳。

但是，列车将我们运送到的那个地方，只有一望无际、起伏如海浪的黄色沙丘。

在这里，在瓢泼大雨中，我曾用席子、被子，用我青春的身体覆盖粮垛，曾用稚嫩的肩膀挑走无数担黄沙，曾怀抱十几斤重的土坯来回奔跑。

在不堪重负的那些日子里，我最盼望收工，可偏偏那轮白炽的太阳像被钉在天上一样。

因而，我常常发狠地梦想：用一根长长的纤绳把太阳拽落；梦想有一巨幅夜幕，像剧终那样唰地落下，顷刻大地一片清凉、一片宁静，好让我们舒展一下劳顿之极的年轻身体。

不久，母亲患了癌症，手术中危险，父亲拍来两份加急电报，我匆匆踏上归途。

梦醒时已是第七天清晨。

窗外，天蓝得醉人，柔和的阳光流水般倾洒室内，令万物生辉，而环绕我的是一片素白洁净。

在我灼热的记忆里，一列火车铺天盖地向我轧过来、轧过来……无影灯下，我经受了两次截肢手术和两次植皮手术。

每次换药，将凝血板结的绷带一点点撕开，常常痛得浑身发抖。安上义肢后，坚硬的皮革一次次磨破未愈的伤口，我苍白失血的唇上曾无数次留下细碎鲜红的牙痕。

那年我 19 岁。

我知道，我已失去了太多太多，没有失去的只有我的真诚和我的梦想。我庆幸，我仍然能够梦想。

我梦想——获得一种真正意义上的平等爱情，与他相互给予、倾心相爱；

我梦想——我们共同拥有一个可爱的女儿，她聪明善良、美丽活泼、轻捷如燕；

一年多以后，女儿如愿降临，她娇小无比：双眸如水、双颊如玉，嘴唇如玫瑰花瓣。

我梦想做诗人；

当我羞涩的名字与冰心光芒四射的名字相遇在同一本诗集时，我梦想，跨过时代的栅栏，走近她沁染花香的窗下，告诉那位多情的老人：我是那样的喜爱她。

我梦想飞；

梦想黄昏时独坐听树叶喧哗；

梦想雨中变成一个男孩，赤裸一双小小的脚，任凭飞溅的雨水淋湿我奔放自如的情感、淋湿我光洁明净的额头；

梦想缀成一串晶莹别致的水珠手镯，它有任何钻石、珍珠都无法比拟的最自然的光泽；

我还梦想我死去的时候，穿一袭白衣，我爱的人都围在我的身边，使我不觉得孤独害怕；

我梦想死后化作一朵薄云，能够俯视和倾听这片生我养我、至亲至爱的黄土地；

当然，我更梦想永远活着；

梦想永远年轻美丽；

梦想有来世；

梦想来世仍然做女人；

虽然做女人有种种不幸和艰难，但做女人可以莺歌燕语、娇艳明媚，还可以吐气如兰、风情万种。

女人的心灵可以是高山流水，也可以是一片整洁葱郁的草坪，可攻可守、进退自如，妆扮自己就是妆扮世界，让世界因女人的存在而变得更加圣洁、难以自弃。

梦想滋养生命、丰富心灵，梦想使生命的整个过程变得异常丰富，我甚至相信，在朔风凛冽的寒冬，水鸟也会梦想绿如蓝的春水。

因此，生命便充满了神秘、诱惑、等待和希望。

淡泊之美

久居都市，抬眼很难看见清朗的天空，连云都是灰蒙蒙的，耳畔也时刻充满喧嚣和噪声：汽车扬起的尘埃、各种车辆和机器隆隆的发动声、市井的讨价还价声、争名夺利声以及舞台上、电视里声嘶力竭的歌声，都不免使人变得烦躁和浮躁起来。

久居都市，乡野是一份抵挡不住的诱惑。

在一个周末，我和一些画画、习文的朋友去了远郊怀柔。当夜，下了一场透雨，第二天放晴了，阳光所照之处充满勃勃的生机，呼吸着清凉的空气，和朋友们推着自行车走在乡间松软泥泞的小路上，风景似可处处入诗入画。

天蓝得悦目，远山在朦胧的雾气中变成黛紫色。

山上青绿、金黄、鲜红的叶子交相辉映，那样丰富的色彩是都市里寻觅不到的。

一片铺满落叶的林子里有群花白奶牛悠闲地吃草，那情景让我怀疑身在画中。

不远处洼地里的一丛芦苇吸引了我的目光，它们有些寂寥、有些沉静地站在那里，银白色的苇穗儿低垂着，极像老人飘逸的白发。

在无边的旷野和飒飒的风声中，那份朴素和淡泊让我顿生敬意，也由此想到：淡泊，是一种生存方式，就像这苇穗儿一样，越是朴素无华的生命，越容易做到淡泊。

我家门前有条街是早市，清晨七点钟就挤满菜农和小贩的摊位，一年四季如是。

那是一个寒冷的早晨，早市上依然热闹非凡，青菜、水果、鲜鱼，应有尽有，也有挑木笼卖鸡鸭的。

那些鸡鸭紧紧挤在一起，眼神呆滞、羽毛蓬松凌乱，仿佛忧虑着无法逃脱的命运，早市上的鸡鸭没有活泼的叫声。

购物的人大多穿得暖和洁净，但表情漠然。

我买了一捆葱，对那个卖葱的小伙子说："哎，你给我捆起来。"他似乎愣了一下，然后笑嘻嘻地说："不敢。"

周围的人都笑了。

他似乎受到了鼓舞，变得活泼起来，开始和旁边两个担菜的小伙子追逐嬉闹，喧闹声打破了沉寂。

他们都只有二十几岁，结实的身上只穿着单薄的衣衫，腰间系着草绳子，双手和脸颊冻得通红。

和满街的城里人相比，他们显得那么困窘和卑微，可他们毫不在意，朗朗的笑声，是从年轻生命深处自然流淌出来的欢乐。

那一刻，有什么触动了我。

还有一次，是在下班的路上，多愁善感的我，不知是不是因为黄昏和落日，心里涌起莫名的惆怅。

蓦然，不知从什么地方传来清越的笛声。

我抬眼越过川流不息的人流，看见马路对面有个青年男子，唇边横一管竹笛，且走且吹、神态自若，似入无人之境。

我能看清的只是他的侧影，黑黑瘦瘦的，头发很长。那笛音颤颤的，仿佛有丝丝缕缕的忧伤。

也许，他正在经历生活的磨难，失意、失恋或者其他的不幸，但他以这种独特、近乎于优雅的方式回答生活，让我内心充满感动。

立于街头静静听着，笛声在闹市的喧嚣里，犹如一条清浅的小溪，断断续续、若隐若现。

我的心，竟变得柔和起来，因为我从笛声无言的诉说中，渐渐听出一份超然于物外的安宁与平和。

自从看到洼地里银白的芦苇之后，我终于明白：一次次感动我的就是那份淡泊。

淡泊，是卑微生命理智的生存方式和信念，它具备内在的真实和优美、柔和的力量。

而能够走进辉煌、走进繁华，再复出回归淡泊，更是不容易做到的，那已然是一种人生大境界。

就犹如一个人，遍尝了各种名贵美酒之后，仍然选择一杯绿茶作为人生的极致享受，一边品味清香一边从容欣赏茶叶片在杯中翻卷自如。

故此，从百里之外回京，我带回一蓬银白的芦苇（它的学名叫芦荻吗？多么好听的名字）。

我将满把芦苇，插在一个土色陶罐中置于案头，让它以素朴简洁提示我：远离功利、安于淡泊，淡泊之中自有真与美。

童年的馈赠

　　小时候，我随外祖父母住在北京的一座小院里。

　　院墙背阴处有暗绿的青苔、四脚蛇和蜗牛缓缓爬过时留下的痕迹。外祖父如一位拓荒者，以勃勃生机驱赶院落的冷清荒芜，他在小院里种满紫红色的鸡冠花、蓝紫色、粉白色的牵牛花，色彩斑斓、展翅欲飞的蝴蝶花、指甲草以及明媚的西番莲，嫩黄、鲜红的美人蕉。

　　微风轻拂时花香袭人。

　　外祖父还栽种了无花果、石榴、向日葵、扁豆和南瓜。

　　院子中央生长着一棵茂密的葡萄树，枝蔓交缠盘绕，小手掌一样油绿发亮的叶子，层层叠叠沿竹架攀缘而上，遮蔽出一大片清凉怡人的绿荫，架子上还挂着鲜嫩的绿丝瓜、豆角，房顶上，结出小磨盘一样大的南瓜。

　　夏季傍晚，当西天云霞火一样燃烧的时候，外祖母便在葡萄架底下摆上方桌和木凳，端出我和小姨最爱吃的凉水饭、酱烧嫩豆角和香甜的蒸南瓜，豆角和南瓜都是我们挎着小篮子，和外祖父一起摘下来的。

饭后，外祖母总在一个盛满清水的白瓷盆里，浸泡几枚青红的西红柿给我和小姨当水果，又为外祖父沏上一壶茉莉花茶。

夜，猫步一样降临了。

昏黄的路灯一盏盏亮起来，胡同口开始响起一个卖花老人苍凉的叫卖声。

渐渐地，深蓝的夜空缀满亮晶晶的星星，院子里暗香浮动、夏虫在角落里、砖缝里吟唱，流萤提着小灯匆匆掠过，黑乎乎的屋檐下，蝙蝠吱吱叫着，如往事一般飞舞。

我洗过澡，躺在葡萄藤下沁凉的竹席上，纠缠外祖母一遍遍讲小舅舅的故事。

我曾有一个小舅舅，据说他是外祖母几个孩子中最聪明漂亮的一个，邻居们都说，那孩子一定是观音娘娘的童子下凡，嘱咐外祖母可不敢带了他去逛庙，说娘娘看了会收回去的。

小舅舅平安长到六岁。

那年，外祖母禁不住小舅舅的苦苦哀求，领他去逛了庙会，站在泥胎的观音娘娘面前，望着娘娘身边那个栩栩如生、眉清目秀的小童子，外祖母突然感到莫名的恐慌。

当晚，小舅舅突然发起高烧，家里的钱都被小舅舅的爷爷拿去换酒喝了。

外祖母守着小舅舅流眼泪，小舅舅伸出绵软滚烫的小手为外祖母擦眼泪，还懂事地安慰她："妈妈你别哭，我一点儿也不难受……真的，我也不饿。"

小舅舅的爷爷半夜回来摸黑进屋时，醉醺醺地绊倒在小舅舅身上，小舅舅受到惊吓抽搐起来，天亮就咽了气。

我一点儿也不怀疑，我的小舅舅就是天上观音娘娘身边那个面如满月的小童子。我总忘不了外祖母幽幽的声音："那孩子真好看，再也没见过那么乖巧伶俐的孩子。"

说这话的时候，有月的清晖沿葡萄叶的缝隙处筛漏下来，斑驳映在外祖母插簪子的发髻上，外祖父铜烟袋锅里通红的火亮在夜色里明明灭灭。这情景如画，对我有一种永恒的意味。

我至今怀念已故多年的外祖父母，终生感激他们给了我那么一段童话般美好的日子。

院子里还住着一对中年夫妇。

那男人肥白，胸口有一丛黑毛，女人极瘦，凹陷的太阳穴永远贴着两块圆圆的小黑膏药。下雨天，穿红雨衣绿雨靴，出出进进，像极了一道艳俗的风景。

这对夫妇不能生育，领养了一个男孩，男孩像小长工似的为女人端尿盆、洗内裤什么都干，还吃不饱。

有一次，孩子因为饿，偷吃了两个剩饺子，夫妇俩锁上门用铁钩子狠命抽打孩子。

那天，下着很大的雨，外祖父高烧在家病休。

透过哗哗的雨声，都能听见孩子绝望无助的哭喊声，一向温和慈爱的外祖父翻身下床，像头狮子似的冲出屋门。那对夫妇一边打孩子一边对门外的外祖父说："打死人我偿命，用不着你狗拿耗子多管闲事。"

听着孩子声嘶力竭的哭喊，外祖父心如刀绞，冒雨去了派出所，奄奄一息的孩子得救了（后来按照男孩的意愿，将他送回乡下）。

外祖父却因高烧晕眩，跌倒在掀开铁盖子的下水道里。

如今，穿透30多年的时间与空间，我仿佛还能听见那天哗哗的雨声，看见外祖父染血的额头。

也许，那就是外祖父母在我童年时代给予我的关于美、善良和正义的最初启示吧。

梦醒在"文化大革命"开始的那一年，我还不到13岁。

顷刻间，童话世界轰然坍塌，从此，我在成长的经历中也屡屡遭逢苦难。

但我坚信：童年所展示给我的美好、梦幻和理想，已化作一粒饱满的种子，充满我的心灵，深植于我的生命之中，并在往后的岁月里，日益蓬勃为一种人生的信念。

这正是童年给予我的最珍贵的馈赠。

多年之后。我独自骑车走了很远的路，去寻找记忆中的那座小院。院子外面生长着一棵粗壮的槐树，圆圆亭亭的树冠，像一把撑开的伞，树底下青石板的条凳上，落满洁白如雪的槐花。

我相信，我一眼就可以认得出来，可是，竟没有找到。我不甘心，眼含热泪在那条街上一遍遍地寻找。

那条街，已经拓宽了许多，经商的店铺一家挨着一家，有家音响店里传出声嘶力竭的歌声、震耳欲聋的乐声，有说不出的浮躁和喧嚣。

往日的素朴宁静已荡然无存，我内心的失落无以言说，在川流不息的人流中，我感受到一种旷世的孤独。

默默沉思良久，我突然顿悟：哲学、宗教和艺术苦苦追问和寻觅的真善美，其实早在童年时代就已全部昭示给我了，使我因此对于它的存在深信不疑。

正是这种信任和信念，启蒙了我对于生命最初和最深的爱恋，并使我在往后屡遭磨难的经历中，依然能够诗意地看待生活。

我认为，这对于我至关重要。

今生最美的姿势

我在一篇文章中写过，我曾有过各式各样的梦想——如今，有的梦已成真，而有的梦则永无兑现可能。

有个梦，我一直羞于说出口，那是一个关于体育的梦，那个梦源于我的学生时代。

那时，我的各门功课成绩优良，唯因体质羸弱，体育课成绩一向不佳。

我的体育老师是个面色黝黑、目光严厉的中年男子，听说他有大和民族血统，是战后留在中国的日本人后裔。无论春夏秋冬，他永远穿一身紫红色的运动衣和白球鞋。他叫费尔，因为名字有些古怪，所以我至今记得。

我最不愿意上他的体育课：我做不好后滚翻，觉得头晕；又因为胆小跳不过去鞍马；做单杠和双杠运动时，臂力不够，尤其爬竿是我的最弱项，全班女生里只有我不行，其他女生好歹也能爬到竿的中上部。有个女生学习不好，但灵活得像猴子一样，只"噌噌"几下便能爬到竿顶。

我有时从费尔老师的眼睛里，看出那种对于弱小动物般的怜悯。只有一次在班级接力赛后，他十分注意地看了看我并且喊我出列，当着全班几十个男女同学的面，夸奖我说："你的腿部条件很好，修长又富有弹跳力，姿势也正确，请你再给同学们做一次示范。"

　　我想，我当时一定受宠若惊了，也一定拼全力跑出我今生最美的姿势。那是我个人体育史上的一次荣耀，那也是我唯一的荣耀了。

　　19岁那年，我遭遇了车祸。因为伤势严重，我的左腿没有能够保住。

　　住院时，我常常一个人坐在病床上，静静望着外面的世界，有时一直望着月亮升起来。

　　医院的园林里，松柏苍郁，泛绿的松枝上还残留着点点白雪。一个面庞清秀、腿上裹石膏的少年，独自坐在斑驳了绿漆的长椅上吹口琴，琴声雾一般飘散在无边无际的黄昏。

　　在那些忧伤的日子里，我曾不止一次地想起那堂体育课上跑步的情景。

　　我也曾一点点回忆：双脚踩在地上是一种什么样的感觉；踩在一颗小石子上、小土块上是什么感觉；踩在水里、踩在草地上、踩在田埂上、踩在沙子上、踩在被晒软的柏油马路上，是一种什么感觉；甚至想起踩在冰面上、踩在热乎乎的牛粪上的感觉。

　　那种硬邦邦或者软绵绵的感觉是多么美好！完整的美丽永不再有，因而成为我一生的珍藏。

　　出院之后回到北京，我邂逅了我的初恋，他是一个热爱音乐和体育的漂亮男孩，他因我的经历和我的忧郁走近我。

　　那是秋天的一个午后。

　　蝉鸣不再焦躁，仿佛浸了露水一般清亮。白云悠闲、微风宜人，有一种说不尽的秋意。

　　他从一个高坡上向着我飞跑而来，阳光下，他的身姿矫健挺拔，有一种青春逼人的美感。

恍惚之中，我觉得，他正从我的那个不可企及的梦里向我跑来。

还有一次，我们一起看电影《青春万岁》。散场时，我坐在座位上失声痛哭，全然不顾满场人诧异的目光，他就那么静静地、勇敢地守在我的身边，也全然不顾满场人的纷纷侧目。

婚后，我们有了一个可爱的女儿，女儿有修长美丽的双腿和光洁如玉的额头。

女儿渐渐长大，能够蹒跚地走路了，我领她在楼前的草坪上玩耍，她突然撇下我独自向前跑去。

她那么专注，完全沉湎于一个新奇的世界，根本不理会我的呼唤，小小的身影离我越来越远。

那一刻，我深深地感到了悲哀。

他下班回来见我忧伤不安，便追问原因，我对他说了。他默默听完拉起我并肩站在窗前。

窗外，女儿正和小伙伴做追逐的游戏，咯咯笑着义无返顾地向前跑着，似乎是去追寻什么。

她的脚步还不稳健，但跑得快乐又自信，像林间一只幼小活泼的鹿，夕阳给她周身披了一层天使般圣洁柔和的光辉。

他说，你应该高兴啊，你看，女儿不正在实现你的梦吗？

我猛然了悟：人类所有的梦想不都是要经过世世代代的寻觅和追求吗？

它因此生生不息、永不泯灭。

如果有来世

我明白，我所追问的来世仍然是世俗的，它也必得有世俗的欢乐和痛苦。

是的，痛苦必不可少，因为它是为欢乐做证的，就像阴影是阳光的佐证一样。人生也如一幅画，所有的颜色，无论暗淡还是明媚，都是不可或缺的。

这个世俗的来世，有吗？我不确定，我只当它有，当它是一个希望，不行吗？

假定有这样一个来世，我将选择如何度过呢？我想，一定要和今生有所不同。

在今生里，我四岁的时候就离开了父母。

那时候，父亲调动工作离开北京，母亲和两岁的民弟，随父亲搬迁，我因为体质羸弱被留在外祖父母身边，只在每年学校放寒暑假时去探亲，所以，我很小的时候就学会了给父母写信，也学会了掩饰感情。

还记得一次回北京时，已跨出院门了，回头见母亲正伏在门上痛哭。

以后我长大，每次团聚之时就开始忧虑着离别。

要走的那两天，我总是想哭，又羞于流露软弱和依恋，一次就故意和弟弟吵架，借机大哭了一场。

看见我哭，母亲和弟弟都哭了。

这种离别之苦，一直深深折磨着我和母亲，直到47岁那年她病逝。

还记得一个冬天，寒风呼啸，天气奇冷，下着罕见的鹅毛大雪，母亲一再挽留我多住两天。我那时年轻，又刚刚参加工作，不愿意超假，执意要走。

父亲和弟弟妹妹送我去火车站，母亲也要去，被父亲拦下了，她就像孩子一样哭了。

后来，因为大雪封路，列车被暴风雪截在呼和浩特过不来，我们又返回了家。我倚在门框上，看着昏暗中依然侧身躺在床上的母亲，她单薄的背影那么孤单。

弟弟拉亮电灯，喊：姐姐回来了。母亲没有动，一定以为弟弟是故意这么说。我叫了她一声，她立刻转过身，眼角泪痕依稀，表情似喜似悲，终于喜极而泣。

我想，母亲当时一定感激那场暴风雪，而我是在母亲去世之后，才懂得感激那场暴风雪的，懂得是它在我和母亲之间平添了宝贵的、不可多得的一夜。

因为不在身边，父母亲从未对我发过脾气，也没有对我说过一句重话。

有一次，我和弟弟吵架，追着要打他，母亲替我给了弟弟两巴掌，不讲理地说：让你姐打几下！别让她追得那么累……

母亲英年早逝之后，老年的父亲对我充满了温情。

每次去探亲，70多岁的父亲必亲自到火车站接我回家，离开时，却只送我到电梯口，他说他害怕听见车开的铃声，害怕听见站台上播放的悠悠的离别曲。

那次走下电梯，站在楼门口无意中抬头，竟然看见父亲正趴在高高的窗台上，探着身子目送我。

逢年过节，父亲会和弟弟妹妹们聚在一起吃团圆饭，父亲喝点儿酒就会张罗着给我打长途电话，每次打电话他必哭。

有一年，父亲和全家想让我回大同住几天。

享受亲情一直是我内心的盼望，但我又十分犹豫，因为右腿骨关节炎日益严重，医生建议我少走路，而北京火车站里面大得可怕。

为了免我行路之苦，小弟弟和他的两个朋友自告奋勇，开着私家车来北京接我。他们天不亮就从大同启程，到我家时几近中午，每人只喝了一杯茶、吸了一支烟，就踏上返回的路。他们两个轮流开车，小弟弟坐在后座上一直陪我聊天。

高速公路上，一路畅通，沿途风景悦目，且一直下着蒙蒙细雨。为了我，小弟弟和他的朋友一天之内往返了1400多里地！

一路陪伴的雨渐渐停了，傍晚时分，车子渐渐接近大同的地界。几年不见，这座曾经破旧的城市容颜大改——栋栋高楼拔地而起、雅致的别墅群掩映在花丛中，宽阔整洁的大桥和道路两旁，树木被雨水冲洗得碧绿如新，花瓣形的路灯，犹如一朵朵盛放的玉兰花。

车子终于停在熟悉的楼房前，隔着车窗，我看见了弟弟妹妹和父亲的笑脸，80多岁的父亲弯腰亲自拉开车门："小华，到家了！"我紧紧拥抱了我饱经风霜、白发苍苍的父亲。

西边天空上，晚霞正红、美丽如画。

……

我想，如果有来世，请不要让我那么小就离开父母，我愿意追随他们到任何地方，一生一世相守！

沙漠之果

在一个很晚的夜里，在一盏很柔的灯下，往事如烟，如窗外淅淅沥沥的小雨，轻轻飘洒下来，浸湿一条我记忆中的小路。那条小路，通向我 18 岁的青春。

那一年，我和几个同学去了内蒙古生产建设兵团。

清晨起床，外祖母给我做了一碗热乎乎的西红柿面片汤，淋了香油和碧绿的香菜，面片下面还藏着两个卧好的鸡蛋。

我却吃不下，心里好像装得满满的，又好像空空荡荡的，有一种说不出的滋味儿，也许，这就是所谓的"离别愁绪"吧。

外祖父用自行车驮着我随身的行李先去火车站了。

病中的母亲也强撑着从床上爬起来，坚持要送我去火车站，谁也劝不住。

是该走的时候了。

我穿上外祖父给我买的淡紫色圆领夏衫和黄军装，走到外祖母跟前告别，外祖母未曾开口，就已经泣不成声了。

我强忍住眼泪转过身，身后传出她痛不欲生的哭声，她的声声呼唤叫得我的心都震颤了。我没有回头，害怕外祖母那泪水迷蒙的眼睛会动摇我的决心。

火车站的月台上彩旗飘舞、人头攒动，扩音器里一遍遍播放着最高指示："知识青年到农村去、到边疆去，到祖国最需要的地方去。"

毕业连的成芳老师不顾自己年纪大，和黄淑华老师、吴乃茜老师以及工宣队的王政委、军宣队的陈排长都到火车站去送我们。

毕业连的许多同学也去了，他们众星捧月般地围着我们，往我们的书包里塞了很多糖果、钢笔和日记本。

"到那儿就来信。""别忘了我们。""多注意身体。"老师和同学们一遍遍叮嘱。

车还没开，心地特别柔软的黄淑华老师已经在悄悄抹眼泪了，同学们的眼圈也都红了。

我看到，母亲虚弱地靠在站台的柱子旁，目光一直可怜地追随着我，我没有和母亲说话，怕一开口，眼泪就会不争气地流下来。

终于，扩音器里传出这样的声音："运送北京知识青年去内蒙古的专列马上就要启程……请大家赶快上车……"

车铃响起来，我的双手立刻被许多双手同时紧紧地握住了，我慌乱地向他们道别，又匆匆向母亲和外祖父投去一瞥，然后就身不由己地被人流裹挟着登上列车。

此刻，所有的车窗口都挤满了女孩子，男孩子们仿佛一下都长大了，很男子汉很绅士地退避在一边，没有和女孩子们争抢靠窗的位置。

我停留在好几个窗口，试图挤在那些正疯狂哭喊的女孩中间，但她们牢固霸占着窗口，不肯相让。

我迟疑了一下，走到两节车厢的衔接处——那里，车门已经上锁，有四个男孩站在那里，指间夹着燃着的香烟，看见我，他们彼此对视了一下，然后沉默地让开了。

我站到了车门的前面，隔着玻璃窗望着站台，在拥挤的人群中，我终于看见了外祖父，他如雪的发在七月的阳光里白得耀眼。小弟弟搀扶着母亲，母亲仿佛要虚脱了似的，被拥挤的人群推来推去，但她的眼睛一直紧紧盯着车窗。

也不知道他们能看到我吗？

列车轻轻摇晃了一下，就在《大海航行靠舵手》的乐曲声中缓缓地、庄严地启程了，站台上千万只手臂扬起来，像一片风中的林子。

车厢里，女孩子们"哇"的一声全哭了。我没有哭，把额头紧紧贴在冰凉的窗玻璃上，默默咬紧了嘴唇。

列车逐渐加速。

站台、人群和树木飞快地向后闪去，所有哭泣的面容都渐渐变得模糊，只有外祖父如雪的白发和母亲痛楚的眼神，在我的心里定格为永远。

刚才，不知是谁的亲友说服了维持秩序的军人，在列车即将开动的那一刻，往车窗里塞进一大盒冰棍儿。

列车刚刚开出不远，女孩子们还在抽泣。突然，车厢里一阵骚动，男孩们像扔手榴弹一样专往女孩堆里扔冰棍儿。

女孩们尖叫着，一边用小手绢擦眼泪，一边嘻嘻笑着接住满车厢里乱飞的冰棍儿。

接准了，男孩们齐声喝彩，没接住的，就引起他们善意的哄笑。在这之前，男孩和女孩彼此之间是不说话的，现如今，情况不同了——我们将远离老师和家长奔赴千里之外，或许还要在那里生活一辈子，我们的内心渴望相互走近、相互支撑。

不一会儿，车厢里又有说有笑了，口琴和笛子也响起来，歌声此起彼伏：男孩们唱"好男儿志在四方"，女孩们就清脆地唱"飒爽英姿五尺枪，曙光初照练兵场，中华儿女多奇志，不爱红装爱武装。"

我听见一位同车厢的兵团首长对另一位军人说:"你看这些娃娃……他们的家长可能还在难过,他们却唱起歌来了,真是一群孩子。"

是的,严格地说,我们还是孩子,悲哀不会在我们的心里停留太久,因为我们是多么年轻啊!

18岁,这是一个盼了多么久的年龄啊!

沿途小站,有农家孩子向我们挥动肮脏的小手,我们便高兴地向他们微笑,并且慷慨地把苹果、面包和奶糖从车窗扔下去,仿佛我们这样做就解除了贫困,心也因此变得愉快起来——那时的我们,只想给予,只有奉献的激情。

很多同学都是第一次坐火车,觉得十分新鲜,因为我寒暑假常常要坐火车往返于北京和父母所在的城市,所以对火车并不陌生。

但还是有些不同:因为这一次,我不是从一个亲人身边到另一个亲人身边,而是离所有的亲人都越来越远。

渐渐地,列车行驶在水彩画一样辽阔的原野上了,有牧归的农人牵着牛,荷锄走过田垄;远远近近的农舍里,有淡蓝、淡蓝的炊烟袅袅地升起来,又随清风飘散,给人一种安详、温暖又惆怅的感觉。

我这才真切地意识到:我是离开养育我18年的家了。

列车日夜兼程。

暮色即将降临的时候,列车停靠在一个荒凉的车站,这是一个小站,停车时间很短。

因为差不多坐了一天火车,很累,一些胆大的同学下车到站台上走动,我和另一些同学把头探到车窗外面,大口呼吸混合着野草气息的清新空气。

当我把头转向左边的时候,看见车窗下面正有一个人,一面沿着车厢往我们这边走,一面往车窗里面探望,好像在找人。我定睛一看,激动得大叫起来:"爸爸。"

在这个小站能够看见父亲，真是太意外了，我愣在那里，怀疑自己是不是在做梦？同学推了我一下，我才飞快地跑到站台上。

站台上，长长的列车像一条巨龙喘息着卧在那里，喷吐出的白烟，越飘越高，渐渐融进灰蓝色的天空。

我跑到了父亲的身边。

很久没看见父亲了，印象里，父亲的胡子又黑又硬，而且是连鬓胡。他每次刮胡子，总用一把小刷子，在下巴上涂满雪白的肥皂沫，然后，对着家里那面挂在墙上的圆镜子，非常仔细地刮，刮得干干净净的。现在，父亲的胡子像是好久没刮了，显得很瘦很憔悴。

父亲说，他是得到特别批准，才能赶来为我送行的，我着急地告诉父亲，母亲在北京病得很重。

父亲听了，眼光立刻黯淡下来，低着头半天没说话，神情很沉重。许久之后我才懂得，以父亲当时的处境，他根本没有能力顾及母亲的安危。

开车的铃声响起来，父亲催促我赶快上车，并嘱咐我说："到了那儿就给家里来封信，免得你妈不放心……别惦记你妈，家里有我呢。"

我匆匆忙忙登上车厢，找到自己的座位后又赶紧伸出头，和父亲告别。

这时，列车已经缓缓开动了。

我看见父亲向着渐行渐远的我，挥动着一本红塑料封皮的《毛主席语录》，眼睛里闪动着坚毅的目光。

我突然明白了父亲：在那个特殊时期，他不能开口为自己申辩，并且，前途未料，父亲也不能够向我许诺什么，他只能用这种方式、用这种无声的语言传递给我，他坚定不移的信念。

读懂了父亲，刹那间我热泪盈眶。

列车带起强劲的风，把父亲的白衬衣向后高高扬起，如一面鼓起的帆，他的身后，是沉默无言的群山和苍凉的暮色。

在列车铿锵有力的行进声中，窗外完全黑下来了，车厢里也渐渐沉寂下来。

同学们有的头枕小台桌、有的靠在椅背上睡着了，有人轻轻发出鼾声，还有人说着含混不清的呓语。车厢里的灯光熄灭了，只在车厢两侧亮着微弱的顶灯。

昏黄暗淡的灯光和列车单调的铿锵声，都令人昏昏欲睡，我却睡不着，把额头轻轻抵在窗玻璃上，睁大眼睛凝视着窗外。

列车正行驶在一片漆黑的原野上，模糊的景色急速地向后退去，偶尔，会有灯光闪过，那可能是一片小村庄或是一座孤零零的小房子。想到自己将从此远离亲人的庇护，孤身在外奋斗，心情难以平静。

夜渐深，身上觉得凉了，我蜷缩着趴在小台桌上，也不知过了多久，感到睡意袭来。蒙眬中，我希望外祖父母和母亲今夜能够梦见我，我也能够梦见他们。

一觉醒来，窗外已现出微亮。我努力回忆了一下，似乎一夜无梦。这时，很多同学都陆续醒来，睁开惺忪的睡眼，惊奇地看着车窗外——窗外，迎接我们的是一个清新的早晨：铁路两旁的小草，在晨风中轻轻摇曳，远处的青山似乎还在沉睡之中，雾气蒙蒙，天边有一抹鱼肚白，但不大一会儿，天上的云彩就起了变化，有的像镶嵌了金边，有的晕染成粉红色。

突然，一轮红日从山后跃出，通红浑圆，在天上大放异彩，大地上的万物都仿佛在这一刻注入活力，显得生机勃发。

车轮和铁轨的撞击声一直清晰有力，有一种金属的质感，而前方仍然没有尽头，我们不禁对祖国的地大物博肃然起敬，也同时对离家千里有了一个真切的概念。

列车日夜兼程，景色越来越荒凉。开始，还能看到城镇、乡村、树木、牲畜、房屋和人群，后来，却几乎看不到人烟、看不到绿色的植物，甚至看不到青山了。

仿佛来到世界上一个最荒僻、最简陋的角落，城市和家，已经变得是那样的遥不可及。

列车正在拐弯，从车窗里能看见它蜿蜒不绝的身躯，像极了一条见首不见尾的巨龙，车头喷吐着粗重的白烟。

不知是谁喊了一声："看，大沙漠。"

所有的同学都挤在车窗前，一位军人说："好好看看吧，这里就是你们的第二故乡了。"

暮色中，乌兰布和大沙漠扑面而来，遮蔽了我们的全部视野，它是那样雄浑强悍、那样苍凉陌生。刹那间，一种神秘的感觉，震慑了我们年轻的心，我们全都意外地安静下来。

我默默注视着它，像注视一位落难的巨人，我甚至能够感觉到它粗重、平和的呼吸，仿佛沙丘那样一波一波起伏着。偶尔，能看见几株红柳和一些低矮的灌木丛。

我惊喜地发现，那上面结了许多小红珠子一样晶亮饱满的果实，红艳诱人。后来我尝过，这些小果子很甜，不是我想象的那样又酸又涩。

只是，在这片贫瘠的大漠上，它们依靠什么滋润生命，又依靠什么酿造生命的甜美呢？

我想了好久也想不明白。

在那里，我认识了一些当地的老乡。据说，他们的先辈都是为躲避各种天灾人祸逃难至此的，以后，就一代代定居了下来。

我猜不出那些并不美丽的女人，是否有过浪漫的爱情；也不知道那些整天沉默叼着烟斗的男人，都想些什么？我只知道他们都非常和善，都有一样黝黑的面孔和粗糙的手。

我去过他们的家，四壁被烟熏得漆黑，有一股很膻的羊皮味儿。大炕上，总偎着一窝小猫似的孩子，怯生生地望着我们。

家家墙壁上都端端正正贴着领袖像，没有镜框，上面蒙着一层玻璃纸，几乎每家的红漆木柜上都放着一面镶粉边、绿边的小圆镜，被女主人擦得纤尘不染。

他们叫我们娃娃，很心疼我们那么小就离开家，有时硬往我们的衣袋里塞一把烫手的炒黑豆，这大概是他们唯一待客的东西了，我们也送奶糖、饼干给孩子们吃。

这时，那些男人女人都笑了，又感激又高兴的样子，他们笑的时候，好像从什么地方投进一缕看不见的天光，将他们泥土一样质朴无华的脸，辉映得生动柔和起来。

一次在团部举行各连节目会演。

团部离我们连有七八里地，我们是坐连里的大马车去的。散场时，天已黑透，沙漠上骤然冷了起来。

远山怪影一样森森立着，寂寞的风从沙上哭泣似的吹过去，更给这黑沉沉的大漠，平添了几分凄绝和恐怖。我们在马车上，竖起大衣领子，彼此靠得更紧一些。

无意中回过头去，看到一幅令我至今难忘的画面：在墨蓝深邃的夜空下，晃动着一群大大小小的身影，是当地那些扶老携幼看完节目归宿的男人和女人们。几束手电筒昏黄微弱的光柱，交错地扫来扫去，映亮他们前面一小片地方。风中，他们粗犷和富有感染力的笑声，传递着温暖亲切的生命气息。

默默望着这样一群无怨无叹、谦卑乐观的灵魂，想到他们年年月月世世代代生生死死在这块简陋荒僻的角落里，内心受到很深的触动。

寂静中，只有马蹄声清脆地敲响路边的石头。

那些晃动的蹒跚的身影渐渐落在了后面，只隐约看见他们剪影一般迎风的姿势和迷迷蒙蒙的手电筒光亮。

那以后不久，我收到父亲拍来的两份加急电报，母亲患癌症，手术中危险，我匆匆踏上归途。

就在那次探亲途中，我被火车轧伤。

无影灯下，我经受了两次截肢手术和两次植皮手术，左腿一直锯到膝盖以上。

好像一个启示似的，梦境中总出现那片广袤无垠的大漠；那片迷迷蒙蒙的光亮和那些平凡得没有名姓、没有区别的面容，如剪影，如群雕。他们，似乎并不在意自己的渺小，也不在意别人眼里的存在，就像沙漠上那些晶亮红艳的果实，只坦然地自生自灭，唯有那种知天达命的平静、乐观和坚韧的生命力代代相传，成为一种自然而非凡的天性。

它启示我，对于一个人来说，最不幸的不是失去什么，而是放弃了什么。

我突然觉得，我懂得了他们，也懂得了那些小红果子滋润生命、酿造生命之美的秘密。

那秘密，源于内心对于生命的热爱和坚持。

恩怨如梦如烟

祖父的家境比较优裕，靠教英文和祖上遗下的房产过着悠闲的日子，祖父是教英文的，张学良将军的晚辈曾拜在他的门下求学，这也许是祖父一生中最为荣耀的事了吧。

我的父亲是长子，娶了我容貌美丽的母亲为妻，我就出生在祖父的那座四合院里，一棵枝叶繁茂的古槐，将半座院子遮蔽得十分幽暗。据说，我出生的当夜，风狂雨骤，那棵古槐彻夜嘈嘈切切。

我是不足七个月早产的，体重只有两斤半，耳垂和指甲都没有长齐全，哭两声就浑身发紫、气息全无。

祖父见我不是男孩，可能有些不悦，又见我这样弱小，就皱了眉说："这个样子是断然不能存活的。"于是，我几次被放到地上。

也许，祖父并非出于对性别的歧视，当时的我，的确太幼小、太脆弱、太不堪一击了。我的弱小，让所有的人对我的生命没有信心。也许在长辈的眼里，让我重新来过，不失为是一种更好、更慈悲的选择。

恰在这时，我的外祖母甩着一双半缠足的脚板赶来了，她将我冰凉的小身体裹进蓝布衫的衣襟里，从此不分昼夜以体温暖着我，使我脆弱不堪的生命免于夭折。

外祖母也为我和祖父结了怨，几十年中从不走动。记得每次过春节，父亲总是很小心地跟外祖母提出，领我去祖父家过年。外祖母也总是绷着脸一言不发，直到最后一刻才亲手把我妆扮整齐，让父亲带我去。

祖父家住三间北房，玻璃窗上结满图案美丽的冰凌花。屋里，炉火烧得暖融融的，门楣上挂着厚重的深蓝色棉布帘。

正面墙上，一座笨重的旧式吊钟不紧不慢地走着，每逢整点时就响起洪亮的报时声，那当当的响声让人不禁为之一震。

侧面墙上，一个赭色的椭圆形镜框里，镶嵌着祖父年轻时的照片：戴一副晶莹的白边眼镜，十分清秀儒雅。

除夕，全家近二十口人三代同堂，围着一张大八仙桌吃年夜饭，酒香、肉香浓郁醇厚，孩子们清脆的笑声和大人行酒令的声音，更平添了喜气洋洋的节日气氛。

我注意到，无论在什么场合，祖父都很节制，总是由祖母用一把红黄发亮的小铜壶把酒温热了，祖父只喝烫酒，而且只浅浅地饮一二杯，祖父专用的酒杯斟满酒后，杯底便显出一个古代盛装起舞的红衣女子。

有时，祖父兴致很高，会有板有眼地唱一段京戏，记得的好像有《铡美案》《赤桑镇》，还有《林冲夜奔》，在欢声笑语和爆竹声声里，祖父叫板的嗓音苍凉浑厚、极有韵味儿。

但是，我与祖父并不亲近，我只是远远地望着他，用一种与我年龄不相称的冷静和淡然，那种热烈欢快的氛围也似乎并不适宜我，我只想尽早回到外祖母身边。

在以后的岁月中，我的家庭遭逢了很多变故：祖父的房产在"文化大革命"中全部被查封没收，父亲长期受到关押批斗，我在一场车祸中险些丧生，随后，外祖父母和母亲相继病故。

岁月无情地改变着一切，然而，我惊异于祖父的不变，我从没有见过他发怒和叹息。无论发生什么，他始终保持着晚餐时饮一小杯烫酒的习惯，常常是佐一小碟花生米、豆腐干或是祖母自制的下酒菜：一碟切瓣的松花蛋，撒上姜末和醋汁，或是一小碟灌肠、一小碗米粉蒸肉。

每日清晨，祖父必早早起床，先泡上一壶浓茶，再用一把秃帚打扫庭院，他永远那么平静，似乎把一切看得透彻。

只是，很久没有听他唱戏了。于不经意中，他头上的发也一天天变得稀疏。

而我，也在屡遭磨难的经历中学会了宽容，懂得了每个人做事都有自己的道理。

我会在繁忙的工作和家务之余，骑车走很远的路，去看望独居闹市中心的祖父祖母，给他们买一些青菜水果和补养品。

那是一个冬日的午后，小院里静悄悄的，两只灰褐色的小麻雀在院落中央觅食，寂寞的风，旋着地上干燥的细树枝。听到木门吱呀的响声，小麻雀呼地惊起，飞落在那棵充满灵性的古槐上。

小麻雀扇动翅膀的声音，给冷冷清清的小院注入一缕生命的气息。

掀开厚重的棉门帘，见祖父祖母袖着手，默默围着火炉取暖。看到我，他们惊喜得有些手足无措，祖父还有点儿孩子似的惶惑不安。

他一定要亲自为我斟茶，手抖得很厉害，茶水都流到桌上。

听我不住声地咳嗽，祖父又抖着手在桌上一大堆瓶罐中为我找药，他戴着厚厚的镜片，还几乎把眼睛贴在药签上辨认。

从他不加掩饰的殷切里，我读出了他无言的愧疚。

其实那一刻，我的心中无怨，只有一份慈悯化为亲情，缓缓渗进我的肌肤、润泽了我的心灵。

那一刻，也真的明白：爱永远比怨恨活得更长久。

离开的时候，祖父祖母拄着拐杖，坚持把我送到外院临街的门口。

骑车走了一段路再回头，见两位古稀老人相扶着站在黄昏萧瑟的马路边，稀疏的白发在寒风中飘飘如雪。

心中，最柔软的角落突然被触动了，仿佛又听见出世那天风狂雨骤和古槐彻夜不息的喧嚣。

如今，母亲和外祖父母早已尸骨无存，祖父祖母亦是风烛残年……恍惚中，只觉 40 年恩怨如梦如烟。

此刻，天边那轮落日正竭尽全力倾洒最后的余晖，那种微弱又悲壮的努力，给我一种被灼伤的刺痛感。

不久，祖母先辞世了，茫茫天穹中多了一个游荡的白发幽灵，尚在尘世的祖父也一病不起。

最后一次去看祖父时，见有个雇来的老头正躺在另一张床上听收音机。

我坐在祖父身边，看他指甲很长，手和脸都好久没洗的样子，想到祖父一生酷爱清洁却落得如此地步，心中十分不忍。

默默打来一盆温水为祖父擦洗，又为他细心修剪指甲。

一直昏睡着的祖父突然睁开眼睛，嘴唇蠕动着，好像有话要说，我急忙俯下身。我想，祖父孤独一人又重病缠身，他一定是想对我诉说他活着的痛苦和无奈。

祖父的声音含混不清，但我听懂了，他叫着我的小名儿说："华儿……爷爷还能活吗？爷爷不想死。"

这细若游丝的声音如滚雷一样响彻我的耳边，惊得我无言以对：我该怎样回答你啊我垂死的祖父？你已经咽不下水和饭，你走向衰亡的生命毫无享乐、毫无希望可言……你只是无助地躺在这张并不清洁的床上，一天天忍受着丧妻的悲哀和疾病的折磨。

可是，你对于生命的依恋竟是如此强烈和执着。那一刻，圣乐一般在我心底缓缓升起的，是对于生命庄严的敬畏与爱。

祖父的手臂从被单下面吃力地伸出来举向天空，仿佛擎着什么，又仿佛要把什么牢牢地抓握在手里，他枯干的手臂像一截枯干的树枝，摇晃着、挣扎着，不肯倒下不肯轻易地放弃。

终于，祖父的手臂"啪"地落下来，极像风折断树枝的声音。

……

祖父走后的第二年春天，我独自去了那座小院。

房门上着锁。透过窗帘的缝隙，我看见屋里的一切都保持着原来的式样，静静弥漫着繁华散尽的落寞和凄凉。

侧面墙上的镜框里，祖父的眼睛正穿透镜片，含笑俯视着我。

不知何时，那座旧式吊钟已悄然停止了走动，无声无息，如同默哀一般。

走出小院、走出尘封的记忆，只觉蓝天明媚得有些刺目，路边两排垂柳已泛出新绿。

行人依旧、景物依旧、生命依旧、世界转动依旧。

第二辑

强求他人不如经营自己

父亲曾经是张家口地区团地委书记，血气方刚、嫉恶如仇。他给党报写过信，揭发一起迫害事件，因此得罪了某领导，并借干部下放之机，将父亲调到一个荒凉的小地方——沙城。

在那里，他和母亲都参加了当地的一个业余剧团。

父亲浓眉俊目、国字脸型，他在舞台上扮演过一个游击队长，脸上涂满浓重的油彩，一亮相就赢得满堂喝彩。

母亲评剧唱得很好，唱《刘巧儿》像极了新凤霞；唱《秦香莲》，那如泣如诉、低回婉转的嗓音，像极了小白玉霜，连小白玉霜的鼻音都模仿得惟妙惟肖。母亲在舞台上扮演过《孔雀东南飞》里的刘兰芝，《苦菜花》里的母亲，剧团当时还有人建议四五岁的我扮演嫚子。

受父母亲影响，我从小就看过不少舞台剧和戏曲电影《追鱼》《刘巧儿》《包公三勘蝴蝶梦》《朱痕记》《金沙江畔》《林冲夜奔》《杜十娘》《打渔杀家》《王宝钏》《天仙配》等，看得似懂非懂。

看评剧《杨三姐告状》，里面的杨二姐被杀，那时我年龄小，还分不清那是假的，困惑了好长时间：不明白为什么演完就死了，还有人愿意演这个被杀的人呢？

举家看过一次越剧《红楼梦》，回来全家哭得都没有吃饭，母亲哭得尤其伤心：她为林黛玉哭，也顺便哭我，因为她觉得我身世和林黛玉相似，都是自小寄养在外祖母身边的。

这些经历，奠定了我对戏剧的热爱。

最爱的是评剧《包公赔情》，最最爱的是小白玉霜、魏荣元版的评剧《秦香莲》，唱词和唱腔都让我沉迷不已、百听不厌。

在看了不下20遍之后，我开始质疑那个看起来大快人心的结局。

尤其是电影结束时的一个镜头：成功报仇雪恨的秦香莲，回到了原点，神情黯然，显得落寞而孤单。

她的命运没有得到任何改变：依然贫穷，依然孤寡，依然无法给一双儿女更好的生活和教育。

而且，那曾经被追杀和父亲被杀的阴影，注定成为孩子童年挥之不去的噩梦。

陈世美，嫌贫爱富，娶了年轻美貌的公主，成为在朝廷权势大、人人都怕的驸马爷。这财富权势美色的诱惑，实在太大了，非一般常人能够抗拒。

更何况，宁愿选择享福也不选择原配妻子的陈世美，与秦香莲早已经没有夫妻之情。假设，陈世美在包拯包大人的全力谴责和担保"欺君之罪由我一身承担"的保证下，回心转意、解甲归田，离开紫墀宫，与前妻秦香莲回到乡下茅草屋……

皇帝的女儿自然不愁嫁，皇上肯定会为女儿再选贵婿，可曾经享尽了人间福的驸马爷，还能过乡下穷书生的日子吗？与风情万种的"金枝玉叶"夜夜笙歌的他，又岂是贫妇秦香莲能伺候了的？恐怕秦香莲使尽浑身解数也没用，无疑是另一种悲剧！

前段时间有个电影《我不是潘金莲》屡屡获奖，一个美丽农妇为了前夫的一句话死磕了20年。

这20年里，她完全可以再找一个爱她的人，可以过更好的生活，可以更快乐——而她一直在告状，即使官司打赢了，也不过是面子上的事，这种坚持和执拗，意义和价值在哪儿呢？

如果我是秦香莲——本身为农妇，最懂得"强扭的瓜不甜"，不如接过包大人馈赠的纹银300两，从一双儿女的利益出发，置房子置地，请来私塾，教导儿女好好读书，用知识改变命运。

这或许也不失为更好的选择。

至于陈世美，他欺君之罪，已经闹得满城风雨，上至王丞相、包大人、皇姑以及太后，下至大小太监、市井百姓无人不知、无人不晓。

世上没有不透风的墙，总有一天会传到"圣驾"那里，陈世美曾经依仗是驸马作威作福，上下都怕他，这也不是什么好事，怕他的人也是恨他的人，都等着看他的笑话等着落井下石呢。

刁蛮太后也不能轻饶他！骄横的皇姑还能与他恩爱如初吗？他的下场绝不会好到哪儿去！

铡了负心的陈世美固然解气，但是，对于秦香莲和孩子的命运，没有一丝一毫的积极作用，出了一口恶气而已。

一段已经变质的感情，不值得用一生去纠缠。

不如华丽转身，脱掉那双旧鞋，哪怕赤着脚，也要轻装前行，走出一条新路。

不如努力经营自己，让自己变得更好——你若盛开，清风自来。

生如太阳

多少年过去了，我偶尔会想起记忆中那座安静的小城以及在小城医院里住院的情景。

在那个医院里，死神曾与我擦肩而过，我第一次离死神那么近，几乎近在咫尺。

那一年，我19岁，从内蒙古生产建设兵团赶回北京，探望即将做结肠癌手术的母亲。

途中，我被火车轧伤，在昏迷中熬过七天七夜。在这段漫长的时光里，我游历了死亡隧道，我已确知那里没有声音、没有气息、没有光亮。死亡，就是无边无际的黑暗和无休无止的沉寂。

苏醒过来时，我强烈感觉到的是久违的阳光和一切细微的明亮：阳光从窗外流水一样倾泻室内，将万物辉映得闪闪发亮，就连一支小小的针头、一只玻璃瓶都亮晶晶的，是那么的亲切、温暖和美丽。

因为失血过多和头部的严重创伤，我又在这间急救室里住了一段时间，在确定已脱离危险期时，被安排住进普通外科病房。

外科病房紧挨着妇产科。

有时在深夜，会突然传出婴儿嘹亮的啼哭，或是另一边在伤病中挣扎的人们痛苦的呻吟。

这两种声音在静夜中汇成一种奇怪的、不和谐的交响：一边是新生，另一边可能正通向死亡。

还有时在深夜，走廊里会传来嘈杂纷乱的脚步声，这就意味着将有一个急症病人需要手术，或者一个危在旦夕的伤者需要抢救。

外科的医生护士和麻醉师对于这种情况已经司空见惯了，可以镇定地应付自如。

有时，让他们感到棘手的是，一些病人因为对自己的病情或处境感到绝望从而拒绝治疗，他们还可能因为命运的不公而表现偏激，甚至固执得失去理智。

每当这个时候，医生们常常向他们提起我。

有一位高阿姨，大约 30 岁，是一个男孩和一个女孩的母亲。高阿姨是杭州人，长得很好看，漆黑的短发、白皙的皮肤，有一双大大的黑眼睛，特别像京剧样板戏《龙江颂》中的江水英。

她知道自己患了"乳腺癌"之后一直在哭，特别是当她听医生说，手术需要切除一侧乳房时，坚决拒绝手术，但是，如果不做手术，癌细胞将会迅速扩散，吞噬她的生命。

想到一对幼小的儿女将因此失去母亲的庇护，她又如同万箭穿心。生与死的折磨使她很快变得憔悴不堪，她的丈夫、同事、领导、朋友轮番劝慰她，她只是哭，也让所有的人陪着她叹息和流泪。

后来，医生特意把高阿姨安排到和我一个病房。

也许，一个活生生的事实胜过无数说教；也许，我的年轻以及我在狰狞命运面前表现出来的平静，强烈地震撼了她。还可能，别人的不幸淡化了她自己对不幸的感受，同时，对于生命的依恋战胜了手术的恐惧。

她渐渐哭得少了，渐渐接受了命运的安排。

为了防止癌细胞转移，高阿姨的手术做得十分彻底，换药的时候我看见，她的一侧乳房和腋下的淋巴全部切除了，留下一个碗口大的洞。

对于任何女人来说，这都无疑是异常残酷的。

但有时，从容和无畏是我们在残酷命运面前保持尊严的唯一方法。

她出院的时候，特意走到我的病床前，握着我的手说："谢谢你小华，高阿姨一定会像你一样勇敢，你相信吗？"

她苍白的脸上绽开着一个美丽的微笑。

还有一个住院的小男孩大雷，长得虎头虎脑的非常可爱，这个孩子每次打针都拼死反抗，声嘶力竭的哭声能传遍所有的病房。

医生护士甚至父母的软硬兼施对他根本不起作用，护士真的担心有一天针头会折断在他的小屁股里。

一天，护士把大雷领到我的病房，他用小手轻轻抚摸着我的伤口，懂事地问我："姐姐，你疼吗？"

"疼啊。"

"护士阿姨说你从来不哭……你，不怕疼吗？"

"你怕吗？"

孩子老实地回答："怕，我就怕打针。"

我说："我告诉你一个办法：你越怕疼、越哭，疼得就越厉害。你要是勇敢点儿，疼得就会好一些。"

孩子认真地想了想说："那好吧，我相信你，我下次打针不哭了。"护士逗他说："大雷，你可是男孩子，说话算数吗？"

"算数，可是，我每次要在这个姐姐的房间里打针。"

这个小男孩和我成了好朋友，把他攒的小药瓶、各种颜色的玻璃弹球都像宝贝一样地送给我。他最听我的话，只要我在旁边，他就乖乖地打针，泪水在大眼睛里旋转着不肯落下来。

外科病房也常有一些受伤的男人因熬不住疼痛而哭喊咒骂，医生就对他们说："你们看看小华，那么一个小姑娘，无论多疼都一声不吭，你们好意思吗？"

他们就满面羞愧地安静下来。

这期间，我先后做过四次手术——一次全麻、两次腰麻、一次局部麻醉。

那次，使用局部麻醉进行取皮手术时，将腿上大片的皮肤割下来移植到伤口上。不知是因为麻醉剂的用量不当还是其他原因，难以忍受的剧痛使我浑身颤抖，我默默咬紧嘴唇，直到痛昏过去。

因为四次手术麻醉，再加上头部受过重创，我的记忆力受到很大损害，因此，我坚持不再使用止痛和镇静药剂，伤口常常疼得我彻夜难眠。

夜里来查房的医生，见我辗转反侧默默忍耐的样子，就领我到医生办公室里和我聊天，让我随便翻看病历，有时哪个病区有病号大声哭叫，我就跟着医生去查房。

因为住院时间长，我和医生护士都很熟，他们曾在我的请求下破例让我参观了一次外科手术。

那天晚上，护士长得到手术医生的允许后，帮我换上软底拖鞋和蓝色手术衣，悄悄领我走进手术室。

手术室里的气氛神秘宁静。

主刀医生十分年轻，天蓝色的手术衣、遮住整张面孔的大口罩以及身边簇拥的助手，将他衬托得很是威仪。

手术台上，躺着一个毫无知觉的女孩，地上的血水和碎骨，在雪亮的无影灯下显得是那样的触目惊心。

我壮着胆子把目光转向昏睡的女孩，她的脸庞如冰似雪，下垂的睫毛又密又长，静静躺在冰凉的手术台上，对自己未来的命运一无所知，输液瓶里的鲜血正一滴滴注入女孩的身体。手术顺利结束时，护士报告说血压、脉搏和呼吸都正常，女孩被送到特护病房观察。

紧张的气氛开始缓解，医生让助手为他脱下手术衣和胶皮手套，然后细致地洗着手，哗哗的水声十分活泼悦耳。

他问我害怕不害怕，我点点头又摇摇头，大家都笑了。

而那一刻，正有生命的圣洁和庄严充满我的内心。

那是我亲眼目睹一个年轻生命的抢救过程，如同目睹自己从死里复活一样。

不久，我又目睹了一个年轻健壮生命的死亡。

那天半夜，送来一位伤者，医生护士迅速集中到走廊尽头的手术室。我那时虽已亲历死亡，但因为年轻单纯、充满好奇，又因为伤口疼痛难眠，每每有这种时刻总是不顾劝阻挤在人群里。

担架就停在手术室门口，上面躺着一个穿越铁道时被火车轧伤的民工。他面如死灰，下半身盖着一条沾满泥土和血迹的破被子，大睁着失神的双眼，嘴唇苍白如纸。

我因为挤在最前面，听清了他是在问："我会死吗？"随后他就被抬进了手术室。

后来，麻醉师告诉我，那个民工的伤，比我轻多了，头上一点儿伤也没有，可是却死了。

这时，民工的母亲及一群家人哭喊着找到手术室，麻醉师告诉他们，人已经停在太平间了，立刻响起一片更凄厉的哭声。

我尾随着他们去了楼后。

这所医院的前楼到处是阔叶白杨、苍绿的青柏和一个盛开着鲜花的花坛，花丛间有蜂蝶留连，枝头上有鸟鸣清脆。

但楼后的太平间附近，却十分荒凉，几乎寸草不生，一条黑色煤渣铺就的小路通向一座孤零零的小平房。

想到我自己也差点儿被停放在这里，不禁从心底升起一股寒意。我挤在门边往里看，那个民工从头到脚蒙着白被单，躺在一个薄木板床上。

以后，我又目睹了一些正常或非正常的死亡。

经历过最初的恐慌和震惊之后，我已然能够与它平静地对视：19岁的我，过早地了解了一个关于生命终极的秘密，而且又是以那么直观的方式。

因为有了死亡作参照，生才如同暗夜之后冉冉升起的太阳，放射出万道夺目的光彩，我因此懂得了珍爱和珍惜。

一年半以后，我坐在轮椅上，由母亲推着离开医院。走出一段路了，我又回过头注视那片楼房，远远望去一片祥和宁静。

绿树花丛中，有护士的衣袂云一样飘过，优雅宛若天使。

化茧为丝

台湾已故女作家三毛曾在她的一篇散文《石头记》中，对她画石头做了细致入微的描述："夜来了，荷西睡了，我仍然盘膝坐在地上，对着石头一动不动地看着——我要看出它的灵魂，要让它自己告诉我，藏在它里面的是什么样的形象，我才给它穿衣打扮。"

历来文与画都是相通的，它们都追求意境，都是用线条刻画人与事物、描述无形的感情、心灵和思想。

所以，它们在创作方法上也是一脉相承、融会贯通的。三毛所说的，正是个性化创作的第一个步骤：审视和了解素材，决定素材的取舍和表现形式。

这是一个重要的步骤。这一步骤的时间长短因人而异。

在我，是需要很长时间的。

当一个似曾相识的情景——细雨后滴水的老式屋檐、黄昏盘旋良久缓缓落下的鸽群、似有似无的草木的清香，或者，一张发黄的老照片、一件留有时光褶皱的旧衣裳、一个渐行渐远的背影，都会突然唤醒一直沉寂在岁月深处的记忆，让我产生一种微微的悸动、淡淡的怅惘和些许疼痛。那就是灵感、是一篇散文的构思即将破土而出时的状态。

那种灵光乍现，都只是倏忽闪过，光亮及其短暂，但它已经在瞬间照亮和触动我内心最柔软的一个角落。

原来，很多事情并没有遗忘，而是被记忆收藏在此。

几年前探亲。

一个午后，在父亲和继母那间洒满温暖阳光的客厅里，父亲让我坐在挨近玻璃窗的沙发上，用靠垫支撑住我受伤的腰部，又把沏好的热茶放在我的手边。

窗外，是蔚蓝如洗的天空，云朵雪白绵软，悠扬悦耳的鸽哨声像涟漪般颤抖着，一圈圈扩大。

窗台上下都摆满葱茏的盆栽植物，鱼缸里十几尾色彩斑斓的孔雀鱼，闪着绸缎一样的光泽，非常好看。

父亲的白发，竟与他安详神态和四周环境如此和谐，他饱经沧桑、伤痕累累，在那一切过往之后安享暮年。

我的心和眼睛渐渐在茶水袅袅的香气里变得潮湿和朦胧起来，《劫后余生》这篇散文正是这样开始萌芽的。

这个素材一直在我的心里存放了两年之久。

我并不急于把它写出来，我相信，那些文字会一点点、慢慢地来到我面前，会在我的笔下获得它们应有的生命和灵魂。

直到有一天，它们在我的内心左冲右撞，频频叩击我心灵的门扉，让我饮食不安、长夜无眠。

这时我知道，我已临界最佳的创作状态——我推开所有的事情，坐在桌前，字字句句如泉涌，在细细的笔尖下源源不断地流泻，流速甚至超过了我的笔速，让我恐慌也让我欣喜。

其实，这些文字已经经过了岁月的过滤和选择，它自然而然地把最难忘最珍贵最有价值的部分沉淀了下来。

当我写完的时候，我的内心才重新获得安宁。我用左手握住那只拿笔的右手，我的左手冰凉，而握笔的右手很温暖：左手的温度代表我激动的心情，而右手的温度则代表我的情感。

如果把生活比作一张墨绿肥厚的桑叶，那我就是一只蚕。生活赐予我营养和灵感，可以让我化蚕为茧，又化茧为丝——用白亮的蚕丝还给曾经母亲一般喂养我的生活。

更重要的是，我通过文字实现自救。

永远都记得人生第一篇文字的"命运"。那时，我国人才学创始人王通讯老师，正在竭力帮我改善生存环境，他知道有些干部子弟正在筹办一份报纸，就力荐了我。

面试的地点设在长安街附近的一家大饭店里。

我从来没有去过那么豪华的地方：门童都穿着缀有金扣子的制服，金发碧眼的客人穿梭其中，摆满鲜花的宽阔大厅、长长的好似没有尽头的走廊，走廊里都铺着猩红的厚地毯，走在上面一点儿声音也没有。

考察我的人看出了我的拘谨，他们微笑着说："我们都年轻，像兄弟姐妹。"

我点点头，我想，我是一个孤独和在世俗包围中凭借青春、自尊和爱，开辟自己道路的落难女子，只要我努力，就一定会得到应有的信任。

有一个看上去很傲娇的男孩评价我："你如果不是一个出色的演员，就是一个最真诚的人。"

报纸正在筹划当中，虽然还没有正式调入，但已经布置我写一篇普及科技知识的科普文章，将在第一期报纸副刊上连载。

为了写好我的这篇处女作，我特意办理了一张北京图书馆的借书证，每逢周六和周日，都泡在图书馆里。那么多丰富的藏书，真像一座巨型宝库，又像银河里数不清的星星，让我心生敬意、如醉如痴。

我常常带一瓶白水和两片夹果酱的面包，一坐就是一天，等傍晚闭馆从椅子上站起来时，腰疼得要断了一样，必须在原地站一会儿才会走路。

在图书馆里，我阅读了大量关于动植物和自然科学的书，写成了一篇一万多字的科普文章。报纸的筹划人说，我们都很满意，大家一致通过在首期报纸副刊上连载，调动当然没问题，你就等着通知吧。

可是，我等来的却是被人顶替的消息，后来我知道，我成了报社内部权力之争的牺牲品。

在现实的打击面前，我茫然无措。

后来看到"北京青年文学进修班招生"的消息，就赶去报名。报名处盛况空前，竞争十分激烈，每个人都需要填写一张表格、出示自己发表或者未曾发表的作品。

光诗歌班报名者就有2000多人，而录取名额只有80名，其中有我，报名费和学费都相当昂贵，我当时每月工资26元，必须节衣缩食。

上课的地点也不固定，有时需要倒两三次公共汽车，通常下班后我顾不上吃饭，就挤公共汽车去听课。

那时，也正是交通的高峰期，各路汽车站前都排满长蛇似的候车队伍，汽车还没停稳，车上的人还没有挤下来，等车的人就横冲直撞、蜂拥而至。

每辆公共汽车都超载，像沙丁罐头鱼一样塞得没有一点儿空隙。有时，一连几辆车都挤不上去，有两次，虽奋力挤了上去，书包却夹在车门外，一直晃荡到下一站，下车的时候，还有好多次险些被人推搡下去。

后来，我观察发现，汽车进站时，总是停在离人群较远的地方，人群都是追着汽车往前跑。

于是，我逆人群而动，一开始就站在汽车的前面，迎着车头往回走。因为没有阻碍，汽车进站也开得很慢，我可以从容调整自己的位置。当汽车完全停稳时，我恰好站在了车门附近，车门打开，我立刻牢牢地抓住车门的把手。当时，张洁、刘绍棠、袁鹰等著名作家都应邀给我们授课和我们一起座谈。

同学里有个男孩，他的母亲是留苏学者，家里有大量藏书，他写信告诉我，那些书也都是属于你的。还说，我想托朋友画一幅春天的画送给你，这样，在整个凋零的冬季，春天就与你同在了。

我也开始如饥似渴地读书，读一切可以看到和找到的书，其中，罗曼·罗兰是我非常喜欢的作家，我从他的《贝多芬传》里汲取了巨大力量，而他的巨著《约翰·克利斯朵夫》我读了三遍，通篇充满诗意、理想、热情和奋斗精神的文字让我深深着迷。

作家说，他写这部巨著的一个私人心愿，就是希望成为读者在人生考验中的良伴和向导，他希望读者能够像约翰·克利斯朵夫那样，心中都有一股生与爱的欢乐，因而可以不顾一切地去生活、去爱。

同时，书中的主人公约翰·克利斯朵夫的有关"通过个人奋斗给人类社会做点儿有益的事情和贡献"的思想也对我影响至深。

罗曼·罗兰在《约翰·克利斯朵夫》这本书的扉页上写道："献给各国的受苦、奋斗而必战胜的自由灵魂。"

刚看到这句深情的话，我的泪水就流淌了下来，仿佛遇到了知音。正是借着文学，我看到人类整体的命运、人类永恒的痛苦，同时也看到人类精神的美丽和永恒。

人类精神的理性光芒，如闪闪烛光照耀着我，给了我战胜个体命运的坚定信心以及整体的归属感。

劫后余生

1966 年 9 月 13 日，这是当年父亲被批斗的日子。

多少年之后，说起这个日子，父亲是脱口而出的，没有丝毫的迟疑，可以想见，这一天在他的生命里是多么的刻骨铭心。

那一天，父亲工作过的 Z 市铁路中学 800 多名师生，在一些人的煽动和带领下，突然包围了地区党委，指名要将父亲带回学校批斗。

在一阵阵激昂的口号声中，父亲镇定自若地走了出来。

我不知道父亲当时是怀着怎样的一种心情？我猜想，当父亲从黑压压的人群里认出那些人都是曾与他并肩工作多年的同事和尊他为师的学生时，当他在那些孩子稚嫩的脸上看到冷漠甚至敌视的目光时，他一定不寒而栗、心痛难当。

而且，父亲根本不知道——从此，他 35 岁以后的天空，将长久地乌云密布、雷电交加。他只有穿越那一大片雷区，在付出种种沉重的代价之后，才能够重见天日。当时，如果父亲知道这一切，他还会那么镇定自若吗？

1968 年 8 月，父亲被莫须有的罪名定性为"敌我矛盾"，并被永远开除出党。父亲的忠诚，受到最严峻的考验。

在那些蒙受不白之冤的日子里，在那些与亲人隔绝，被关押、毒打、批斗的日子里，父亲坚强地活着。

因为对他来说，活着的意义，已不仅仅是单纯地活着，而是活着的本身已成为一种姿态和不屈的证明。

1969 年初，父亲被戴罪下放到一个火车站接受监督改造，看道口、给各个扳道房送煤。每次，父亲要一铲一铲将煤铲到一辆平板车上，然后，沿着崎岖不平的小路，把煤运到指定地点，再一铲一铲地卸下来。那满满的一车煤，重得像小山一样。寒冬腊月的塞北，真正是天寒地冻、滴水成冰。

父亲的双手双脚都冻僵了，疼得像猫咬一样，而身上却累出了汗，冷风一吹，冰凉地贴在后背上。

苦和累，父亲还能咬着牙熬下去，最让他痛苦的是：他必须卑躬屈膝，看所有人的脸色，谁都有权利斥责他、侮辱他、管教他，他还必须表现得无比顺从，不能有丝毫的抗拒和不满。

那是一个小火车站，工人们长年累月地与火车打交道，目光所及之处，也都是硬邦邦的石头和冰冷的铁轨，生活单调而贫乏。

可想而知，一个反革命分子的到来，会给他们的生活增加多少趣味：他们本来生活在社会的最底层，压抑着生理和心理的欲念，活得战战兢兢、卑微渺小。可是有一天，他们发现：竟然有人比他们更加卑微、更加低贱，可以任他们凌辱打骂，任他们随意驱使……开始，他们可能还有些不习惯，感觉像做梦一样的不真实。但是，他们渐渐尝到了能够为心所欲地奴役别人的快感，他们甚至理解了沿铁道边放羊的小羊倌——为什么在驱赶羊群时把鞭子高高扬起，又在地上甩得"啪啪"响，那是一种优越感。

固然，羊倌是卑微的，但在那些任他们宰割的羊群面前，他们却是高贵的，因为他们握有生杀大权。

同样，即使是一个最普通、最窝囊的人，也远远比一个反革命要高贵许多。

于是，父亲成了真正的敌人，常常是他正干着活儿，就被揪去开批斗会。胸前挂着沉甸甸的木牌，细铁丝一直勒进他的脖子里，两个彪形大汉一左一右把他的手臂反拧到身后，迫使他的身体弯曲得几乎贴近地面，使他看上去极像一架向下俯冲的飞机。

时间不长，父亲的双腿就开始发抖，腰部酸痛难忍，额头上渗出大滴大滴的汗珠，他觉得耳朵里一阵阵轰鸣，眼前金星四射，而台下群情激愤。

父亲很迷惘，他并没有做过任何伤害他们的事，甚至，他根本就不认识他们，可他们为什么对自己怀有那么不共戴天的仇恨呢？

"只有一种可能"，父亲难过地想：他们是真的把自己当成了敌人，真的以为自己想把他们重新推入万劫不复的苦难深渊。

曾经有无数次，父亲从心底里呐喊："我不是反革命，我不是！"但是，他只能在心里喊，如果他胆敢大声地喊出来，就肯定被认为是反革命叫嚣、是企图翻案、是死不悔改、是负隅顽抗。其中的每个罪名，都像一枚重型炮弹，足以将他置于死地，足以将他炸得粉身碎骨。

死并不可怕，在这种"生不如死"的境遇中，死无疑是一种解脱。然而，每当想到这里，父亲的眼前总会浮现出母亲忧伤的面容和孩子们稚气的眼神。如果自己就这样不明不白地死去，妻子和孩子们都将永远是反革命的家属，并且永无出头之日了。夜晚，父亲躺在冰冷的小屋里，每当不远处有火车经过，这间小屋都会剧烈地震颤起来，就像一只风雨中飘摇的小船。

已是春天了，可一场大雪从天而降，覆盖了一切。窗外，铁道、旷野和远山，都是白茫茫的一片，天上的一轮冷月，仿佛是一坨冻住的冰，寒气逼人。

父亲突然想起了林冲，理解了他冬夜从草料场下山沽酒时的苍凉和悲愤。

转眼到了 1969 年秋天。父亲戴罪已有三个多年头，境遇没有丝毫改变，甚至没有转机的任何征兆。

父亲仍然拉着那辆破旧的平板车，送那永远也送不完的煤，受那永远也受不完的精神压迫。他的心里越来越压抑，曾经闪烁在心灵深处的希望，像火星一样，一点儿一点儿地熄灭了。

他的心里凉如秋雨，他深切地体会到，对一个人最残酷的刑罚，不是渴和饿，那仅仅是浅层的生理痛苦，而生命真正的痛苦，是让一个人生不如死，又让他欲死不能——让他活在一群蔑视他、仇视他的人们中间，耳朵所听，都是侮辱和谩骂，眼睛所见，都是仇恨的目光，而渗透灵魂深处的寒意，会丝丝缕缕，一直寒彻骨髓，它将带走一切关于温暖的记忆和对于生命的留恋。

夜里，一列火车隆隆驶过之后，四周寂静如坟，父亲怀疑自己的灵魂已在坟墓里，却不明白身体为什么还活着，如同一具行尸走肉……父亲突然想到了死，在这凉如秋雨的夜里，父亲庆幸自己终于想到了死。

这个可怕的念头像毒素一样，缓缓地、无声无息地渗透他的每一滴血液、每一根神经。奇怪的是，他并不害怕，反而感到一种解脱的轻松，仿佛卸下了千斤负载——原来，主动权还掌握在自己的手中，原来，死的魅力竟是如此难以抵御：他不用再无望地等待，不用再乞求任何人，自己就可以轻而易举地结束这一切……以前，父亲也曾不止一次地想到死，但那念头只是一闪而过，就被他轻轻地挥开了，从来没有像现在这样牢固地占据和吸引他。

他决定把所有的罪名一身承担下来并且带走，用一死来谢罪，也以一死换回妻子和孩子们的清白，使他们能在阳光下堂堂正正地做人。

第二天，父亲请假到街上洗了澡、理了头发，又回到住处换上一件干净的蓝制服，然后，他跳下站台，沿着铁道往前走。铁道边一个人影也没有，闪亮的铁轨一直延伸着向前，像一架没有尽头的天梯，通向一个遥远未知的神秘世界，充满了诱惑。铁道两边，是一些矮小的山包，山包上，野草萋萋、满目荒凉。

父亲平静地向前走着。他知道，即将有一列货车从这里经过，带走自己39岁的生命，也带走所有的耻辱和痛苦。

想到母亲悲痛欲绝的面容，父亲心如刀绞、疼痛难当，他咬了咬牙，不让自己再想下去，他不想改变主意，不想动摇。

这时，父亲感到脚下传来隐隐的震颤。他知道，那个诀别世界的时刻来了，火车将在瞬间驶到眼前。

父亲浑身一震，下意识整理了一下衣领，仰天长吁了一口气，迎着巨大的车头和震耳欲聋的轰鸣声跨上铁轨……此刻，他的脑海里一片空白。

火车喷吐着浓烟，令人目眩地扑面而来，父亲紧紧地闭上了眼睛。就在这千钧一发之际，身后有个人抱住父亲滚下铁轨。火车呼啸而过，强大的气浪把两个人一起掀翻在地。

长龙似的火车，就在他们的身边隆隆地驶过去，直到一个拐弯处消失，灰白的天幕上留下一团浓浓的烟雾。

仿佛被震昏了似的，他们伏在地上久久地不能动，也不能说话。不知过了多久，父亲才惨白着脸转过身，他看见了一张熟悉的、和他一样惨白的脸……父亲认出来，冒险将他救下来的人，也是正在这里戴罪改造的赵贵叔叔。

原来，细心的他注意到了父亲的反常，见父亲洗澡、理发，又换了衣服出门，就一直悄悄跟在后面。他对父亲说："别想不开，不会总这样的，冬天再长，也终有过去的一天。"

英雄似的赵贵叔叔并不高大英俊。"文化大革命"之前，他是个相声演员。个子不高、其貌不扬，一张布满皱纹的脸上，镶嵌着一双小眼睛，小得像用铅笔刀刻下的一条细缝，显得善良又滑稽。

听父亲说，他说相声时，只要他往台上一站，还没有开口，台下已嘻嘻哈哈笑声不断。凭着这一点天赋，他在批斗时少吃了很多苦头——批斗他的会根本严肃不起来，造反派也拿他没有办法。

他头戴牛鬼蛇神的高帽，更显得滑稽可笑。只要他被押上台，下面就笑。造反派对他怒目而视，他睁着一双小眼睛，竭力想睁大，样子十分无辜。

有人就提议：既然开不成批斗会，就罚他说段相声供大家作批判用的反面教材。后来，批斗会就变成了演节目，他用一张巧舌如簧的嘴，逗得下面哄堂大笑。他自己却不笑。

他就用这种特殊的方式，化解了仇恨，也用这种特殊方式保护了自己。

不久，父亲被下放到东河农场劳动改造。在这里，大家都是一样的"坏人"，相互没有歧视，或许在心里还彼此同情。

每年的四五月份，很多地方都已春暖花开，这里还常常是阴云密布、寒风刺骨。一望无际的稻田都放了水，水面结了一层薄冰，父亲他们赤脚踩在水里，结了冰碴的水扎得骨头生疼。

农场领导就抬着成筐的白酒送到地头上，在水里坚持不住了，他们就跑到地头喝几口白酒暖暖身体，再回到稻田里接着干活儿。

劳动虽然艰苦，但粮食蔬菜自给自足，伙食供应很好，有酒有肉、馒头、米饭随便吃。晚上收工后，大家打了饭可以自由组合，也常常是"借酒浇愁""今朝有酒今朝醉"。

而父亲，无论清醒还是醉中，都常常泪流满面地想起贫病交加的妻子和孩子，他终于决定，把他们接到农场照顾。

父母带着小毛三和玲玲终于团聚，我在内蒙古建设兵团"屯垦戍边"，民弟，留在张家口九中读书。

依然分在三处，但父母和两个最小的孩子在一起了。

父亲在农场所在村子租了一间小屋，小屋里一无所有，真正家徒四壁，只靠窗有一个土炕，每天三顿饭，都由父亲从食堂打回来。母亲可知足了，这段日子，是她心情最好、最难得快乐的日子。

她每天都把屋子和院里的土地扫得干干净净，再均匀地洒上水，显得十分清新洁净。她还走了很远的路，到供销社商店买回一个大白床单，兴致勃勃地铺在土炕上，简陋的小土屋立刻变得明亮起来。她又剥了很多蒜瓣，从中精选出一些光洁如玉的，置放在一个蓝花粗瓷大碗里，没过多久就长出郁郁葱葱的小苗，碧绿挺秀的蒜苗与粗糙瓷碗，构成别样的古朴美丽，使陋室生辉。

母亲这种对于生命柔韧而顽强的热爱，让父亲暗暗惊讶和感叹。

父亲又开始写申诉信，一直写到第七封，上级党组织派人找他谈话，决定对他的问题重新审查。

就在父亲的问题刚刚露出一点儿曙光的时候，母亲却撑不下去了。

生命真是奇妙

那时不像现在，冬天还能见到鲜红的西红柿和嫩绿的黄瓜。那时冬天只有大白菜——洁白的菜帮、淡绿的叶子，白白胖胖的，仿佛可爱的大娃娃。

白菜的吃法可能是蔬菜中最丰富的——可以凉拌、可以熬汤、可以做馅、可以热炒，而且可荤可素，既"下得厨房，又上得厅堂"，栗子烧白菜，就是清朝御膳中的一道名菜呢。

所以，冬天里家家都要储存白菜。

我自己搬运白菜、码蜂窝煤，像一个勤劳的小妇人那样治理我的家。这期间我还感冒过，高烧不退。所以，当确诊是怀孕时，我曾犹豫着想做掉，因为担心那些吃下去的消炎药会损害胎儿的健康。

去医院时爱人骑车带着我，在狭窄的路上，为躲避一辆迎面驶来的卡车，他径直朝一座煤堆撞去，我被重重摔在地上。下坠的刹那间，我赶紧护住腹部，而把个人安危置之度外。

很久之后，我看见一篇文章写道：有个厨师在把鳝鱼放进滚烫的油锅时，发现一些母鳝竭力弓着身体。解剖结果证实，这些母鳝都是怀了孕的，它们弓着身体是想保护未出世的幼鱼。原来，母爱的本能，动物和人一样与生俱有。

回到家里，我在床上躺了整整一天，剧烈的腹痛才渐渐缓解。我突然感动极了，感动于这个小生命的顽强，她是多么愿意来到这个世界上啊。我决定把这个孩子留下来。

"幸亏如此"，以后我不止一次地想："否则，我将错过一个多么可爱的宝贝啊。"而且，一旦错失便是永失，她将如天上的星辰那样遥不可及。

我喜欢女孩，喜欢她像柔美的月亮、清澈的溪水、婉约的诗句。所以，在生男生女的问题上，我在心理上没有任何压力。

我相信，无论男孩还是女孩，都会是我的最爱，因为从一开始，这个孩子对于我就不是功利性的，我无须依赖她奠定我在社会和家庭中的地位，她只是一个自由的生命个体，生命本身自会赋予她应有的尊严和价值。

我到医院去做 B 超检查。

荧屏上，在闪烁的光点中，有一片小小的水世界，而在这片水的世界里，有条小鱼似的生命在沉浮之间。

从前，我曾怀着女孩的好奇心，认真观察过那些年轻的孕妇，那时在我看来，怀孕是一件可怕的事情，因为它破坏了女孩的婀娜多姿，把她们变得臃肿不堪。

可是，她们脸上流露出来的庄重、安详的表情，既让我困惑又让我莫名感动：一个女人，她无论丑陋还是美丽，一旦怀了孕，她的周身便静静笼罩在一片恬静、纯美的光辉里。

现在我懂了：那是爱和创造的欢乐装饰了她们。

从少女变成母亲，是女人一生中最为辉煌、最为浪漫的路途。我会用我的血液喂养这个小生命，我的脸色可能会变得更苍白，我还可能失去婀娜的身姿和清秀容颜，但我心甘情愿。

我知道，一个女人最辉煌的时期已经到来，这是女人的创造时期，女人所创造的不是一支歌曲、一件器皿，而是一个鲜活的生命、一个不可思议的奇迹。

因为租住的这套房子远在郊区，所以每星期，他仍然住在集体宿舍，我则住在临时供职的一家科研所的办公室里。

只有周末的时候，我们才会分别回到自己的家。

那座房子是郊外矗立在空旷野地里的一个独门小院，窗子上挂着小碎花窗帘，同样色系和图案的床罩上缀着漂亮的荷叶边。靠窗户的写字台上，放着一台那个年代还十分稀少的黑白电视，房子中间有一只燃煤的小铁炉子。

因为有了灯光、火光和窗外的月光，家居的气氛就浓烈起来。

那是我生命中一段难得的安宁日子。

清晨，我常常沏上两杯热茶，把新鲜松软的面包切成片，放在炉盖上烤得两面微黄，散发出浓郁的麦香味儿，再涂上黄油和果酱，黄油融化在面包片上，十分香甜可口。

也常常有朋友来。我已经学会了给他们包香喷喷的羊肉白菜馅饺子，再开两听水果罐头，拌一大盘清凉的白菜心，上面撒一些酸甜的碎山楂。

朋友们蘸着腊八醋吃饺子、喝啤酒、聊天，很晚了才踏着月色离开。

送朋友时，我喜欢看苍蓝夜空上闪烁的几粒寒星，喜欢听远远近近的狗吠；喜欢从院门口看窗户透出来的温暖灯光，喜欢大门合上时吱吱扭扭的声音。

那声音里有一种说不出的古朴安详的感觉。

平时通常在下班之后，同一办公室的男士会帮我放好折叠床。

研究所的集体食堂办得非常好，午餐和晚餐，都有几十种凉菜、炒菜和主食供人选择。

早餐也十分丰富，有豆浆、牛奶、咖啡、油饼、麻酱花卷、甜豆沙包、菜包、小米红豆粥、熟肉、煮鸡蛋、茶蛋、鸡蛋羹、蛋汤……还有各种精美小菜。

以前我总是不吃早饭，现在为了孩子，我每天早晨喝一杯甜豆浆，吃一个煮鸡蛋。我从不喝咖啡，也不吃腌制的咸肉。

这家研究所是一座很雅致的二层青砖小楼，设在使馆区内，这里整洁、安静，远离闹市的喧嚣，洁净的柏油马路两旁栽满高大的阔叶杨树，有条小路两旁的树冠相互延伸，枝蔓在半空中衔接，亲密地拥抱在一起，形成天然的凉棚，十分清润幽静。

阳光从叶子的缝隙处筛漏下来，阳光没有穿透的叶子是浓绿的，而被阳光照耀的叶子鲜亮碧透。

我喜欢在黎明时踏着沙沙作响的落叶散步，落叶柔软的感觉能让我的内心变得非常宁静。

这时，我的体态已经发生了变化，腹部微微隆起。我走得非常慢，在树木的清香里呼吸澄澈的空气，享受温和阳光的照耀。

一路上会遇到一些跑步健身的外国人，他们向我注目和微笑，那些碧蓝、浅灰和琥珀色的眼睛都是那么和善、友好。有个卷发的黑人青年，挺拔矫健，还有一个金发男孩，穿一身洁白的衣服，眼睛就是碧空的颜色。他们带给我一种愉悦的心情，而好心情对于我是多么重要啊。

晚上，科研所的这栋小楼里只剩下了我，我锁好门、放下窗帘，躺在行军床上静静地看书。

我一直很胆小，害怕独睡，但现在因为有了这个小生命的陪伴，我变得勇敢了——关上电灯，就有月光淡淡地照进来。躺在黑暗中，我用双手环绕着腹部，轻轻地说"女儿晚安"。

我相信，她能听见我的心跳和血液流动的声音，还能听见大自然中千百种神秘的声音：风声雨声还有花开花落的声音。

有时，望着窗外如水的月华，我会有些忧伤地想起我的母亲。

母亲那个年代，女孩子很早就出嫁——母亲 20 岁时就生下我，47 岁时病逝，在那之前我一直都在为自己幼稚的理想而奋斗，母亲在我心中并没有太重的分量。

直到她去世，直到我也即将成为母亲时，我才突然懂得了她，理解了她几十年中默默的奉献和爱。

如今她早已离去，我再也没有机会与她沟通，再也没有机会表达我对她的愧疚了。

母亲的去世让我强烈感觉到生命的脆弱，而即将做母亲的感受，又让我懂得生命的强大，它一代代延续，带着人类所有母亲的梦想和希望。

在怀孕中后期，我开始贫血和缺钙，手足抽搐、唇色苍白。

这时，我结识了一个学美术设计的女孩，她怀孕的时间和我大致相同，正因如此，我们一见如故，有了那么多的共同话题。

她是父母最宠爱的小女儿，每星期，家中的保姆必遵她母亲之命，给她煲两次排骨汤和一次鱼汤，从不间断。她嘱咐保姆：每次用小砂锅各送两份。

在整个孕期，我始终享受和她一样的待遇——每星期喝两次奶白色的黄豆排骨汤和香喷喷的鱼汤。

我至今感谢她，因为她让没有母亲的我分享了属于她的母爱。

梦见彩色的小孔雀

产期临近的时候，例行的检查由半月一次改为每星期一次。

这时，我的体重也从 90 斤激增到 126 斤，我穿着一件宽松的孕妇裙，浅绿色，上面撒满淡黄细碎的花朵。我的体形已经发生了很大变化，腹部高高地隆起来，脚肿得连鞋都穿不上。

医生决定让我提前入院。

我坐在妇产科的门外等候，爱人替我去办理入院手续。

这时，有一个军人急匆匆地走过来，走到门边才看到玻璃门上赫然写着"妇产科"几个触目的红字。

他愣了一下，年轻的面庞霎时变得通红，仿佛做错了事的孩子，垂下眼睛，居然后退着走，然后转身，用的是军人标准的姿势。

我忍不住笑了，笑过之后，又感动于这个军人孩子式的腼腆和男人式的尊重。

同时，一种母性的庄严感在我的心底冉冉升起。

是的，这个世界上的一切都是人类创造的，而人类是由母亲创造的。

……

我被医生带到二楼一间有四张床位的产科病房，其他三张床位暂时还都是空的，我的 1 号床位靠着窗子。玻璃窗敞开着，一排排高大的杨树，枝蔓一直伸展到窗子外面，伸手就能够到。

耀眼的阳光，在油绿的杨树叶子上跳跃，闪着碎金一样的光芒，微风吹过，杨树叶子就发出哗哗的声响。

病房里一片素净，弥漫着来苏水好闻的气味儿。透过碧绿的纱窗，能听见树上蝉们集体的嘶鸣，那急雨一样嘶——啦——嘶——啦的叫声，反倒让我有一种闹中取静的感觉。

我躺下来，将洁白的被单盖在身上，内心里有说不出的安宁，目光所及之处都是步履轻盈的年轻护士和体重 140 斤以上的临产孕妇。

明天将给我做剖腹产手术。

晚上，护士最后一次查房，按常规给我测量了脉搏、血压和体温，又遵照医嘱给我打了一支镇定剂，以免我因为激动无法安睡。

明天，将有一个重要谜底要被知晓，我既兴奋又惶恐，刚才我还拒绝打镇定剂，相信良好的心理素质会帮助我自然入睡。

现在才明白，还是医生有先见之明，知道面对如此神圣的人生关口，没有一个女人可以安枕无忧。

天色微明时分，我被窗外小鸟的啾鸣唤醒，整个病区似乎还在沉睡，走廊里静悄悄的，耳畔还响着邻床女子均匀的呼吸声。

我异常清晰地记起夜间那个不同寻常的梦：我梦见一只精巧无比的小孔雀，头顶着一只蓝翎，全身披挂着比缎子还亮的蓝绿色羽毛，尾巴如扇面一样缓缓展开，闪耀着金色、宝石蓝色和墨绿色的光泽，色彩缤纷、雍容华贵。

我平生做过许多梦，大多是混沌不清的，有时醒来时还依稀记得梦中的意象，但不一会儿就完全想不起来了，只留下一些碎片，零散得拼不出完整的梦境。而几乎所有的梦都是无色的，像旧时的黑白电影一样。

可是这个梦竟然是彩色的！

我那时没有看过任何有关解梦的学说，不知道孔雀开屏在梦里的象征意义。但我猜想，这个如此清晰如此美丽如此独特的梦，一定预示着吉祥如意。

就在这一刻，我似乎已经知道了那个即将被揭开的谜底——在这个世界上，我会拥有一个梦寐以求的女儿了。

当手术室那两扇玻璃门无声地合上后，我就似乎与外部的世界完全隔绝了，我被从推车上抬到手术台上。

那天，我格外美丽，头发用淡蓝色的小玻璃珠扎成两束，长长地垂在胸前，淡蓝色病服衬托着我苍白洁净的脸。

我要迎接女儿的降生！

为我施行剖腹产手术的医务人员都是女性，穿蓝灰色短袖紧身手术服，戴着同样色彩的大口罩，长长短短的黑发都盘在帽子里，显得优雅干练，她们的从容不迫，也缓解了我的紧张心情。

我仰面躺在手术台上，面前遮挡着淡蓝色布帘，截断了我的视线，我只能看见头顶雪亮的无影灯，还能够听见金属器械清脆的撞击声。

普鲁卡因注射进我的身体，我知道这是麻醉的药剂，它将把我带入安静的睡眠状态。

我有些遗憾将在这样的状态下度过如此神圣的时刻，我不知道我能否听到女儿降临于世的第一声啼哭？

我对这声嘹亮的生命宣言向往已久，我相信那将是世界上最悦耳、最动听、最令人激动的天籁之音。

这些身影和声音好像都飘走了，空荡荡的房间里似乎只剩下了我，浓郁的消毒水的气味儿托着我，使我不可思议地浮在半空，全身轻飘飘的。

意识上似乎有一段长长的空白。

只是以后，我在电视上看到过剖腹产的全过程，才知道新生婴儿是被倒提着离开母体，接生员要轻拍婴儿的背部，婴儿张开嘴使肺部吸入空气，才发出嘹亮的啼哭。接生员还要用温水洗净婴儿身上的羊水、油脂和血污，然后按下可爱稚嫩的小脚丫印。

我觉得这最后一个环节最富有诗意，以后在这个美丽的星球上，会留下他或者她无数独特的足印。

不知道过了多久，时间好像很长又好像很短。

当意识回归的时候，我感觉到自我的存在，但我并不知道自己身在何处，只觉得头疼欲裂，不知来自何处的"嗡嗡"的响声，像水纹那样不断扩大着，一波一波冲击着我的耳膜，让我焦躁不安。

随后，一小股细细的清凉的水流过我着火一样的喉咙，我突然清醒了，费力地睁开眼睛，看见一张模糊又渐渐清晰的脸，他正俯下身体，笑容灿烂地望着我："是个女儿，我听见她哭了。"

我笑了，想起那个彩色小孔雀的梦。

窗外，蝉声如雨，就像一支不知疲倦的乐队。

两天后的早晨，护士推着小车给各床孕妇送来婴儿，满车的婴儿都哇哇大哭，唯有女儿还安静睡着。我心里一紧：耳边充满响亮的哭声，她怎么竟然还能睡着？

我抱起她，用力拍拍她的背，她被从睡眠中惊醒，不依不饶地大哭起来，哭声无比嘹亮。

看着她皱起的小眉毛和眼角晶莹的泪珠，我突然心动，第一次亲吻了她飘着奶香的小脸蛋。

就在那一瞬间，我感觉我们血肉相连无法分开了：亲爱的小宝贝，从此我的生命中有了一个你，这是多么好多么美丽多么快乐多么令我神奇和向往的事情啊！

出院以后，我们仍然住在爱人单位的集体宿舍里，那间宿舍在楼的顶层，非常热，尤其是夕照的时候，就像一个大蒸笼。有一天，我在楼顶平台上拉起一根长绳子，把五颜六色的尿布晾在上面，楼顶的风很大，我又用很多彩色的小夹子别在上面。

正得意地看着那些花花绿绿的尿布在风中飞舞，爱人单位一个年长的同事将我拉出阳台，气急败坏地说："你不要命啦？风那么大，你还没出月子呢，你还笑哪……"

半夜，女儿也常常饿醒，醒来就毫无顾忌地拼命啼哭。我真不明白，那么饿，怎么还有力气那么大声地哭呢。

有一段时间，无论走到哪里，我的耳朵里都仿佛灌满女儿的哭声。朋友说，你是太累太紧张了，我们全家，包括我的父母，我们四个人还有保姆，都为一个孩子忙得团团转呢。

白天，我一个人在家，喂奶、喂水，洗尿布，煮苹果水、梨水，做菜泥，煮奶瓶和尿布消毒，还要拖地板，收拾家、刷锅刷碗。

那时候，家里没有冰箱，给女儿订的瓶装鲜牛奶，是爱人上班前到奶站取回来，放到水盆里一直用冷水冰镇着。天气热时，盆里的水一会儿就变得温吞吞的了，还要常常换水，以免牛奶变质。

中午的时候，女儿喝完一瓶奶，我抱着她，她就睡着了。

可是只要我把她放到小床上，无论她睡得多熟，我的动作多轻，她都会立刻受惊一样醒来、大哭不止，屡屡如此。

我索性坐在床上抱着她睡，不吃午饭，吃个西红柿、含一块水果糖，手里拿本书，一边轻轻摇晃她一边看书，还有时，我仔仔细细地看她秀气的小脸蛋、挺秀的鼻子、长长的睫毛和淡红的小嘴唇，那么精致秀美，我永远都看不够。

也许，在还没有出生的时候，女儿就已经熟悉了我的心跳旋律和血液流淌的声音，所以，她在我怀里很有安全感，能够安安稳稳地睡上一两个小时，我的手臂被压麻了也不敢动。

我觉得，这样的时刻，真是美好至极。

诺言

女儿是我自己带大的。

三岁时，女儿白天上幼儿园，晚上接回家。那天，女儿从幼儿园回来，用不大清晰的口齿告诉我，老师还打小朋友呢，还要用胶布封住小朋友的嘴。

我当时正在忙着，就漫不经心地说，那怎么可以呢，打人是犯法的。几天后，老师因什么事情在女儿头上打了两下，她竟涨红了脸蛋抗议说："打人犯法。"

天知道，她那么小，怎么理解了这句话的含义并且运用得当？

年轻的老师大概有些恼羞成怒，像拎小鸡儿一样将女儿拎进卫生间，又关上灯，还不许她哭，也不许小朋友理她。

第二天，无论我怎样软硬兼施，女儿都不肯去幼儿园了，她满脸惊恐的表情，让我仿佛看到黑暗的卫生间里那个幼小无助的女儿，她一定吓坏了。

我只好将女儿锁在家中，自己到处去联系幼儿园，希望女儿在新的环境里忘记曾经受到过的伤害。

　　但是，那次惩罚留在女儿心中的阴影似乎太重了，她幼小的心灵根本无法理解成人行为的粗暴，也不能够明白自己错在哪里，更不明白自己为什么要忍受那么可怕的惩罚？

　　她只是本能地渴望逃避。

　　每次送女儿去新幼儿园，也如同一场生离死别，女儿声嘶力竭地哭喊着，不肯放松我。老师刚开始还和颜悦色，一会儿便有些不耐烦，上前用力掰开女儿娇嫩的手指，将她抱过去。女儿在老师怀里把两只小手伸向我，又哭又喊，徒劳地挣扎着。

　　老师看出我的不忍，便说："你放心走吧，家长一走孩子就不哭了。"可我那倔强的女儿，走出老远，我还能听见她尖厉的哭声，有时这哭声整日都缠绕着我，让我心神不宁。

　　一天晚上，我领女儿坐在街心花园里，月光柔和地洒下来，微风里有花朵的香气淡淡飘过，附近的草丛里有不知名的小虫低声鸣叫。

　　我轻声和女儿说了很多话。我告诉女儿，爸爸妈妈要上班，宝宝必须上幼儿园，勇敢的宝宝上幼儿园是不哭的。还说，我从很小的时候起，就不和自己的妈妈在一起，但是我从来不哭。

　　我不知道我所说的，女儿是否都能听懂？

　　第二天送女儿上幼儿园，我一路上都在给她讲勇敢小动物的故事，一路上，女儿也显得格外安静，闪着黑亮的眼睛好像在想心事。

　　进到园内，我慢慢松开女儿的手，尽量语气平和地和她说"再见"，但我心里紧张极了，很怕她突然哭闹起来。

　　女儿仰起脸来望着我，用小手勾住我的手指字字清晰地说："妈妈，我说话算话，保证不哭，你也说话算话，第一个来接我好吗？"

　　"嗯，拉钩拉架，一百年不许变。"

　　女儿的教室在二楼，教室前的长廊上竖着半人高的木栏杆，女儿顺从地走了上去。我看见女儿站在栏杆后面了，她显得那么小，只露出一点儿粉色的衣裙和被风扬起的柔软的黑发。

她站在那里，没有招手，也不说话，只静静地看了我一眼，然后很坚决地转过身，蹒跚地走进教室，一次也没回头。

望着女儿小小的决然的身影，想到她那么小就已经懂得了忍耐和克制，泪水突然涌了出来。

这天下午，我提前半个多小时赶到幼儿园门口。

正是盛夏七月。

幼儿园朱红色的大铁门前，一点儿遮挡也没有，阳光火辣辣的，连门前的小柏油马路都晒软了。

蝉在马路对面那棵枝叶繁茂的槐树上焦躁地嘶鸣，陆续到来的家长都退避到树荫底下，只有我牢牢地坚守在门口，为了我对女儿的那个许诺。

朱红色的大铁门终于徐徐地打开了，门边的我第一个走了进去，一抬头，见女儿正站在栏杆后面，眼巴巴地向楼下张望。见到我，女儿拍着小手欢呼起来，声音里充满掩饰不住的喜悦和激动。

泪水再一次模糊了我的双眼。

是的，我知道我的爱不能跟随女儿一生，但是我相信，孩子都是在感受爱中学习爱的，总有一天，我点点滴滴给予女儿的爱，会汇集成光芒，温暖和照耀女儿的生命。

女儿 11 岁那一年的母亲节，她独自跑了很远的路，在花店为我买了一束深红色的康乃馨，又在燕莎商城买了精美的贺卡，女儿在上面画了我的像，旁边这样写道："我爱照片上的这个女子，我爱这个大眼睛、像瓶白开水一样温和的妈妈。"

我的内心充满了感动。

我想：爱，是我们来到这个世界上必须学会的课程，女儿长大了，懂得了付出和爱，我十分欣慰。

女本柔弱　为母则刚

女儿五岁的时候，爱人被派往日本东京进修工作一年，在这一年里，我既要工作又要带女儿，独自撑起家里家外的一切。

有一次，我到解放军艺术学院参加一个组稿会，恰巧那天女儿高烧，没去幼儿园。我给女儿吃下退烧药，看她睡着了，又在她床边小凳上放了一瓶水和一些零食，就骑车从西城区三里河赶到海淀区的魏公村。

我想，活动的时间不会太长，可以争取在女儿醒来之前赶回家，但是因为被学生们留下来谈稿子，耽搁了时间。

等匆忙赶回家时，在窗子外面就听见女儿嘶哑的哭声。慌慌张张打开门，只见凳子上的水瓶打翻了，女儿坐在湿漉漉的水泥地上，我赶紧用毛巾被把烧得滚烫的女儿紧紧搂在怀里。

还有一次夏天的晚上，我到京西宾馆看望作者和约稿，回来时，用书包带把女儿揽在车后座上。怕她睡着了感冒，又买了一根雪糕哄她。等骑车赶回家时，已经是午夜 12 点了。

女儿早已睡着，小脑袋垂在胸前，凉风吹拂着她细软的额发，那根雪糕早就融化掉了，女儿的小手里，还紧紧捏着那根小棍儿。

就那么站在星空下，我一个人悄悄哭了很久，哭我的劳累我的无奈我的深深自责。

那时，经常有作者到家里送稿谈稿。

一次送走他们，才想起半天没有看到女儿的身影了。我急忙楼上楼下到小朋友家去找，都没有找到。我慌了，想起前不久的一个下午，女儿独自在外面玩儿，我无意中向窗外看，只见一个老头蹲在女儿身边。

我隔窗喊女儿，他立刻站起来，头也不抬匆匆走了。

又想起那些听到和在杂志上看到的小孩子被拐卖的消息，我欲哭无泪、大脑一片空白。

天光暗淡、暮色将临，我焦灼地一遍遍呼唤女儿的名字，心里疯了似的想：要是女儿真丢了怎么办？爱人回国，我该如何向他交代？北京那么大啊，道路四通八达、纵横交错，我又到哪里找到我的女儿啊？

恐惧和无助像一条巨大的毒蛇，越来越紧地缠绕我，让我几乎窒息，时间在一分一秒地消逝，黑暗渐渐将我裹进一个无底深渊。

我绝望而麻木地站在那里，真恨不得站到地老天荒，站成一块没有生命的石头。

也不知道过了多久，女儿从别的单元门走出来，诧异地问我：妈妈，你在这儿干吗呢？我抱住仿佛失而复得的女儿泪流满面。

从那以后，我会突然莫名其妙地发慌，有时，女儿午睡，我在厨房洗衣服收拾，就担心有人破窗而入偷走女儿，半夜惊醒，也常常不敢入睡，在黑暗中，能听见自己的心脏慌乱地跳动。

中秋节前夕，远在异乡的爱人写信约我，在中秋节晚上八点钟带着女儿，我们一起准时到外面看月亮。

虽然相隔遥远，但同时仰望天上的皎月，也权当相见了。

我喜欢浪漫，喜欢这种别出心裁的约会方式，回信说：一言为定，我会带着女儿准时赴约。

以月亮为灯，这是多么豪华的约会啊。

后来，他来信说：他在当晚八点钟，准时走出公寓，他憧憬：此刻，在中国，他的妻子和女儿，正和他一起仰望"天上一轮才捧出，人间万姓仰头看"的中秋明月。

有好长时间，我都没好意思告诉他：其实我爽约了。当晚，忙于照顾生病发烧的女儿，我忘记和错过了这个异国的隔空约会。

第三辑

放生记

虽然，我也喜欢很小的小动物，觉得它们的娇憨、可爱和无助都像人类的幼崽，但我从来不敢把小动物抱在怀里，我害怕那种软绵绵的感觉。后来我做了母亲。

书上说，应该让孩子养小动物，因为小动物和孩子是天然的朋友，让孩子照料比自己更弱小的小动物，也有助于培养孩子的爱心。

我深以为是。

那天，我骑车带女儿去了团结湖农贸市场。一进去，我就看见路边有个铁笼，里面锁着一只小猴，那只小猴一直用爪子拽着颈上的铁链想挣脱它，小猴的徒劳，让我顿生恻隐之心。

女儿也说："妈妈，小猴多可怜，咱们把它买下来放掉吧。"我问小猴的主人，一个看上去很冷漠的壮年汉子："多少钱？"

他斜视了我一眼，懒洋洋地回答："600元。"我轻轻对女儿说："咱们走吧。"

女儿不肯走，掏出话梅果，大胆地把手伸进铁笼里，一颗一颗喂小猴，小猴的吃相，让我很难过，它显然饿坏了。

我拉着女儿走出很远了，女儿对我说："妈妈，那小猴还看着我们呢。"我回过头，见那只小猴扒着笼子目送着我们。

农贸市场里面，道路两旁摆满了笼子，笼子里关着各种小动物，等着被"待价而沽"，女儿一眼就看中了两只"金丝熊"，它们在一个扁平的铁丝笼里不停地奔跑，活泼灵动，镶有黑灰色条纹的杏色皮毛看上去十分漂亮。

买回的这两只"金丝熊"，给女儿带来无限快乐，她一整天都在和它们玩，隔着笼子对它们说话、喂它们吃东西。

没想到，第二天就出事了。

它们从笼子上的一个比较大的洞眼里逃了出去，我很怕它们晚上藏在被窝里，逼着我爱人捉回来。

终于，在洗衣机后面发现了它们，我紧张地说："快抓呀。"他迟疑地说："我怎么看它们像耗子啊？肥嘟嘟的，却能从那个小洞里钻出来。"我说："怎么会呢，你看那身皮毛……"他说："没准是染的，连黄花鱼还能染呢。"

听他这样一说，我也越发觉得像了，尤其是那条细长的尾巴，还有那两只圆溜溜的小黑眼睛，透着狡猾和警觉。

他尽管也很发怵，但他是家里唯一的男人，只能硬着头皮去抓。谁知，刚攥住"金丝熊"的身体，它"吱"地尖叫一声，他一惊，松开了手。"金丝熊"逃了，他也再不肯用手去抓，认定那声尖叫定是耗子无疑，退一步说也是鼠类的变种。

最后还是我献计"以智取胜"，在笼子里放上"金丝熊"最爱吃的苹果皮，打开笼门堵在它们面前，然后在后面驱赶。

在这一过程中，女儿兴奋得大喊大叫，他累得气喘吁吁，而我紧张得手脚冰凉。

惊恐不安、晕头转向的"金丝熊"终于钻入铁笼里，可我仍感"后患无穷"，万一它们再跑出来呢？

晚上，等女儿入睡后，我让他把笼子拿到电梯里，送给别的孩子。他出去一会儿空着手回来了，我问他送给谁了？他说："那是耗子送给谁啊？我把笼子放在楼后了。"我问："笼子门打开了吗？"他说："打开干吗？"

躺在床上，我总听见楼后有"唧唧吱吱"的叫声，推他让他听，他说什么声音都没有，可那惶恐无助的声音搅得我心绪不宁，总想着那两个小东西在空旷的楼后、无边黑夜的包围中多么恐惧，就像两个可怜的弃儿。直到后半夜，才听不见它们的叫声了。天一亮我就到楼后去看，那只笼子已经不在了，想到已经有人收养它们，很是欣慰。

后来，我心里又无端地不安："要是收养它们的人，不是爱小动物的孩子，虐待它们怎么办？"

他正色说："你可别用你的多愁善感影响女儿。"

我想起从团结湖农贸市场回来，女儿当天的日记就这样写道："那只小猴像人一样的眼睛，让我永远难忘。"

我怕女儿情感太脆弱，决心不再让她养小动物了。

但是不久之后，我又改变了初衷。

我们单位有位男士，家里养了一只血统高贵的印度母猫，前不久，好不容易找到一只纯种波斯猫相配，生下三只可爱的小猫，因为住的地方小，养不下那么多猫，想把小猫送人。

他一再强调：这只母猫在家里养了好几年，已经很有感情了，就像自己家里的一个成员，他的孩子也非常喜欢小猫，舍不得送人，所以他向孩子保证，一定找一个既善待动物又家境比较优裕的人家，绝不让小猫受委屈，也一定对得起小猫的母亲。

最后他说："我是千挑万拣才选中你的。"他的信任和他像托付孩子一样的郑重态度，让我深受感动。

……

我收养的那只小猫"咪咪"，果然美丽得不同凡响，一身淡黄与雪白相间的皮毛闪闪发亮，身体修长优雅，尤其是那种慵懒从容的神态，透着一种说不出的贵族气质。

我虽然不敢抱它，但欢喜得像它的养母。

"咪咪"和女儿一见钟情，女儿夸"咪咪"懂事，和它玩耍的时候，它尖利的指甲都藏在肉垫里面。

白天女儿上学之前，在自己的小房间里为"咪咪"准备好清水、猫食、皮球和铺上沙土的便盆，然后关好门。因为外间是客厅，地上有很多电线，怕"咪咪"抓坏电线皮，而我又不敢用手抱它。

我在客厅做事，会发出一些响动。"咪咪"很聪明，知道家里有人，就乖乖的十分安静，有时，我悄悄打开一点儿门缝，看见它在玩儿皮球或是卧在女儿的小床上呼呼大睡。

那天，是我去编辑部坐班的日子。

下班回来刚走出电梯，就听见"咪咪"声嘶力竭的叫声，听见我用钥匙开门，那声音越发凄厉。我惊慌地打开女儿的房门，"咪咪"闪电一样跑出来，脚前脚后地跟着我，还抓着我的长裙往我身上蹿，吓得我关上门，躲在女儿房间里不敢出来。

奇怪的是，女儿一回来，"咪咪"就安静下来。

通常是女儿先和它玩儿一会儿，然后就坐在桌前写作业，女儿写作业的时候，"咪咪"就跳在女儿身上，用小爪拨弄她校服上亮晶晶的拉锁，玩儿累了，就趴在女儿腿上睡觉，还轻轻打着"呼噜"，女儿怕惊醒它，一动也不敢动。

后来，电梯工告诉我，只要我家里没人，"咪咪"就叫得格外邪乎，声声不绝于耳。更要命的是，"咪咪"竟自己学会了开门，从女儿房间溜出来，蹲在客厅的门边等我，我一进门差点儿被它绊倒，"咪咪"在地上打一个滚，又开始追着我往我身上蹿。

我突然明白，这也许是它的友好表示……它还那么小，就像一个孩子，爱玩儿、爱闹，甚至像孩子一样依恋大人，像孩子一样"人来疯"，关了一天见到我，它想表示它的激动和快乐，也许还有它的委屈。

我开始意识到，这样一天天关着它是不是太残忍了？

我和女儿商量把"咪咪"送人。

女儿哭了，但女儿爱"咪咪"，为了"咪咪"的快乐，同意"忍痛割爱"，但送给谁，必须由她决定。

女儿为"咪咪"找人家，条件近乎于"苛刻"，想领养"咪咪"的同学，都被她一一否定：男同学不行，怕男孩虐待"咪咪"；家里有其他宠物也不行，担心"咪咪"失宠，除此之外，想领养"咪咪"的人家必须有善良的老人可以照顾"咪咪"，还有一个条件，必须有两居室住房。

我忍不住笑了："怎么跟择婿似的？"

"咪咪"终于要送人了，女儿抱着"咪咪"泪如雨下。"咪咪"好像也知道自己要被送人，显得格外乖巧，不时抬起小脑袋，用一双湿润的大眼睛看着女儿，女儿哭得更伤心了。

哭过之后，女儿把"咪咪"送走了，带着猫粮和"咪咪"最喜欢玩儿的小皮球。没有了"咪咪"，女儿一人写作业的时候就显得十分落寞，让我看了心疼。

我曾对单位的那位男士承诺，不将"咪咪"送人，所以见到他时心虚，好像拐卖了他的亲生闺女一样。

以后每逢周末，女儿都会买上一袋猫粮去看"咪咪"，回来后告诉我，那家人都非常喜欢"咪咪"，"咪咪"生活得十分快乐。

"咪咪"的良好归宿令我十分欣慰，想来，它如今儿女成群、已经做母亲了吧。

烛光摇曳　心静如水

看国外生活的电视剧和电影，我不羡慕汽车和摩天大楼，只羡慕家家都有可以冲凉洗澡的卫生间，那时我们没有，绝大部分中国人都在公共浴池洗澡。

14 岁时，曾随母亲去过一次公共浴池。

称之为"池"，实在是很贴切的，那么方方大大的一个池子，翻腾着雾气，煮饺子似是挤满裸体的女人，她们的皮肤或明黄或黝黑，身体的曲线也不十分优雅。

她们似乎对此毫不介意，也不忸怩作态，一边大声说笑一边相互搓着身体，池面上漂浮着一层油腻的肥皂泡沫。

那时，我的身体正在发育，单薄的胴体已经有了优美的线条，让我觉得很害羞。

在更衣室，无论母亲怎样劝说，我都不肯脱掉衣服，就那么穿着内裤和背心走进去。

池中一丝不挂的女人们先是一愣，然后就叽叽嘎嘎笑成一团。有个坐在池边喘息的胖女人笑得滑进浴池里，众人七手八脚将她捞上来，她还不停地笑，又被水呛得猛烈咳嗽起来。

跳进水池，我清洁的身体立刻被油腻的水流拥住，一波一波的，我受不了那里面闷热浑浊的空气，不一会儿就心慌气短、脸色苍白，直想大口呕吐。

母亲慌忙将我扶出水池，我裹着浴巾在一条湿漉漉的长凳上躺了很久，从此，再也不肯去公共浴池。

小姨家安装了白瓷浴盆后，邀我去洗澡，心里那份感激和快乐，远胜于被邀赴盛宴。

没想到洗完澡下楼时电梯坏了，从11层楼一阶一阶地走下去，周身早被汗水湿透。

后来，我分了一套带客厅的单元房。

我喜欢那个阳台，像只美丽的酒杯，夜夜盛满银色醉人的月光，幽绿的亮马河在窗前静静流过。

但最让我喜欢的莫过于那个卫生间了，这曾是我的一个梦一份生命中浪漫的企盼。我一遍遍抚摸那些四壁到顶的白瓷砖和洁白的洗手池，又拧开水龙头，听清凉的水哗哗地溅落在地面上。

洗澡时，光脚踩在冰凉瓷砖上的感觉真好，温水浸润皮肤的感觉真好，我一点儿一点儿将清水撩在身上，柔滑的浴液在皮肤上留下淡淡的香气。

那泡沫雪白，让我联想起14岁时那次难忘的经历。

昨晚，卫生间的电灯坏了。

点燃一支又粗又长的白蜡烛，我在烛光中洗澡。

烛光在白亮的瓷砖壁上，映出一层浅浅淡淡的橘黄色，十分柔和美丽。轻轻地，将浴液倒在掌心里，一种甜丝丝的青苹果味儿悄然弥漫开来，那种尚未成熟的果香，让我有些疲倦又有些惆怅地忆起逝去的青春。

把湿发盘在头上，清清爽爽地走出卫生间时，我真的感觉很幸福。曾经以为，幸福是高贵和难以触摸的，没想到它竟如此贴近、如此易得。其实，我们不必对幸福的奢望过高、理解过于缥缈，有时，幸福的确仅仅是一些细微的感受和感动。

我想，这样理解幸福并不会使我们变得庸俗，它会给我们愉悦会让我们更深切感受到生命的真实和丰富，难道不是吗？

如果，你也拥有属于自己的卫生间，不妨在烛光里洗一次澡——那时的你远离尘嚣、远离功利，你静静面对的只是一个无须掩饰的自己和自己清清淡淡的影子。

那一刻，生命突然变得如人体线条一样简洁，内心也会慢慢还原为如水的平静。

花之祭

大约在我小学将毕业的时候，我们搬出了原来居住的那座小院。

新居是一居室的楼房。

我那时尚小，不大懂得留恋，只对住楼房充满好奇和憧憬，而离开那座小院，对外祖父似乎更艰难一些，因为住楼房，就没有地方安置他的那些花木了。

那些日子，外祖父常常魂不守舍，他更多时间滞留在院子里，连吃晚饭都要外祖母一遍遍地催促。

匆匆吃过饭，他又回到院子里，给那架玫瑰香葡萄施足了肥，又给花们剪枝、培土，就像一个要遗弃孩子的父亲那样满怀歉意、满怀不舍。

我至今对他给花浇水的样子记忆犹新：他提着一把很大的水壶站在花丛中，挽起的裤腿湿漉漉的，清洁的水呈扇面形喷洒下来，在阳光的照射下，变成七彩的水雾。

此刻，吸足了阳光和水的植物，更显得枝繁叶茂、姹紫嫣红。

外祖父常常在院子里待到很晚。他蹲在地上，嘴里叼着铜烟袋，默默地看着花，像看着心爱的女儿，仿佛要把她们的秀丽姿容深深刻进记忆，微风里，烟草的香气悄悄弥漫开来，带着一种忧伤的意味。

也许，他是在和花们告别吧。

人们陆陆续续要走了一些花木，但仍然有一些是他舍不得送人的。搬家时，里外院的邻居都来帮忙，用平板车把"万年青""夹竹桃""无花果"和盆栽的石榴运过去。

孩子们则帮忙一趟趟地搬运小盆的"茉莉花""含羞草"和"小红豆"，这种小红豆圆圆的，粒粒晶莹饱满，有深红色和橙色两种。

新居离樱桃园不远，从前是一片菜地，后来盖了五层高的居民楼，青灰色，一共九栋，我们住在一层。

楼后空地上，有一个没有拆掉的低矮煤棚，是用芦席和黑毡子搭成的。越过煤棚，就是护城河了，夜深人静时，能听见河水哗哗拍击堤岸的声音，顺风的时候，还能闻见河水潮湿的腥气。

河里有鱼，常常能看见小船上立着捕鱼的人，下雨天披着蓑衣、头戴斗笠，船头还立着一只大鸟，我后来知道那鸟的名字叫鱼鹰，是一种很聪明的鸟。主人为了防止它贪吃，事先在它的颈部勒上一根细绳，使它捉到鱼而无法下咽。

河边常常站着三三两两的大人和孩子，兴致勃勃等着看鱼鹰捕鱼。鱼鹰静静地傲立船头，仿佛对周围的一切都视而不见。有性急的人会陆续散开，只有孩子耐心地等下去，想看到鱼鹰出色的表演。

突然，鱼鹰飞起来，一个猛子扎进又腥又凉的河水，速度快得如同迅雷不及掩耳。出水时，尖利的长嘴里叼着一条摇头摆尾的小鱼，阳光下，小鱼的鳞片银白发亮。

孩子们兴奋得发出一阵欢呼，鱼鹰挺着胸脯，有些炫耀似的站在船头，等待主人的奖赏。

除了看鱼鹰捕鱼，再也没有什么可玩儿的地方了。

楼后的空地上一片荒凉，不仅长满了荒草，还堆积着碎砖头、破纸片、烂菜叶——楼上的人懒得下楼倒垃圾，就直接把垃圾从阳台上扣下来，所以，楼后就成了名副其实的垃圾场。

　　这里，夜晚是蚊子的天下，白天是苍蝇的领地，是那种很大的麻头苍蝇和绿豆蝇，嗡嗡乱飞。

　　喜欢清洁又爱花如命的外祖父决心在这里重建他的花园。

　　他不知用了多少个晚上和假日，一个人默默地捡砖头、倒垃圾、除荒草，将那片硬土一铲铲疏松，撒上各种花籽，又搭起花架子，挪来一棵葡萄树，让柔曼的葡萄藤沿着架子爬上去。

　　为了方便到园子里，外祖父特意在厨房窗户下面立了一架木梯，这样就能敏捷地上上下下了，还将一个粗黑的橡皮管子接在水龙头上，直接把自来水引入园子浇花。

　　来年的春天，外祖父重建的花园大放异彩：各种花朵争奇斗艳、花香袭人，招惹来彩蝶追逐嬉戏、翩翩起舞，勤劳的小蜜蜂闹闹嚷嚷的，飞来飞去地采蜜，呈现出一派生机盎然的景色。

　　我还在一棵美人蕉的旁边，甩下一些西红柿籽。

　　终于有一天，我发现地皮被拱了起来，钻出一棵瘦弱的小芽，头上顶着两片娇嫩的小叶子。我跪在地上，用双手轻轻捧着那两片蜡质的叶子，内心充满惊喜。我好像理解了外祖父的快乐，懂得了他为什么这样不辞劳苦、乐此不疲。

　　夏天，我和楼里的小伙伴拿着玻璃瓶去河边捉蝌蚪。

　　有一次，我把两只蝌蚪倒进园子里的瓦灰鱼盆，然后就忘记了。

　　一天雨后，我去园子里玩儿，听见咕——呱——咕——呱的叫声。循声找去，发现碧绿的荷叶上趴着两只嫩绿的小青蛙，可爱极了。

　　因为有了这片小小的园子，楼上的邻居再也不用紧闭门窗了。夏天傍晚，人们纷纷打开纱窗，享受清风明月和花香，还把小饭桌支在阳台上，一边吃饭一边赏花。

饭后，再泡上一壶茶，在习习凉风中轻轻摇着芭蕉扇，看月亮从东边慢慢地升起来。

朦胧的月光照在青翠欲滴的叶子上，照在鲜艳夺目的花朵上，照在鱼盆波光粼粼的水面上。

园子里暗香浮动、沁人心脾，袅袅婷婷的花枝更显得婀娜多姿。

寂静中，还能听见鱼盆里小鱼吐泡的声音、角落里虫子的低鸣以及一种说不清的声音，嘈嘈切切的，外祖父说，那是植物拔节生长的声音。不远处，河边的蛙声此起彼伏，更将这一切衬托得静谧美丽。

外祖父端一个小马扎坐在花丛中间，铜烟袋里的火亮，像一小粒血红的宝石，他的脸色无比安宁、满足，就像一个农民守着他的土地，又像一个君王守着他的金库。

时隔不久，一个疯狂的年代来临了，到处喊打、人人自危，那些花朵更是无一幸免，被楼里的红卫兵连根拔掉了。

那是一个将美视为罪恶的年代，凡美的东西，都在铲除之列——刹那间，狂风骤降、花容失色，地上落红无数。

外祖父疯了似的要冲出去拼命，被外祖母死死地拦住。

整整两天两夜，外祖父躺在床上，不吃饭也不说一句话，他本来是个寡言之人，那以后就变得更加沉默。

几年之后，外祖父查出患了食道癌。

去世的前几天，外祖父用微弱的声音，呼唤彻夜守候在他床边的我，要我把玻璃上的冰凌擦掉，他说树都发芽了，他想看看外面。

我猜想，外祖父是在昏睡中做了一个关于绿树和花朵的梦。

我用手绢擦净一小片玻璃。透过玻璃窗，能看见灰蒙蒙的天空，枯干的树枝在寒风中瑟瑟地抖动。

外祖父久久地向窗外张望，以一个垂死老人痴情的目光。

注视良久，他深深叹口气，疲倦地闭上眼睛。

其实，家里已经在准备后事了，黑色的棉衣棉裤棉鞋，趁他昏睡时放在他看不见的地方。

那天，医生让小姨请来一个理发师。

他的生命真的快要枯竭了，那些银白的发，静静散落在地上，丝丝缕缕，没有了生命的气息。

外祖父始终无知无觉，但理完头发的时候，他突然吃力地抬起手，一点儿一点儿，摸着刚刚断茬的头发，默默地、反复摸着，似乎不太习惯这样短的头发，又似乎不太满意理发师的技艺。

我难过地想，外祖父，他的心里其实是明白的。

不久，他的呼吸就急促起来，那一双深陷失神的眼睛睁得大大的，依次从每个人的脸上滑过，是在无限依恋地做最后的诀别。

他的无助我的无助化作我心中无尽的悲哀。

最后，他的目光在我的脸上定住，我看见他的瞳仁已经散大了。

他走的季节里，没有色彩，没有他爱的花，只有厚厚的白色的冰凌，形状如花。

年轻的我，完全被这个巨大的痛苦吞没了，仿佛遭遇了灭顶之灾，看不见光，看不见自己，看不见神，也看不见未来。

外祖母和父母亲商量，让他们带我回大同住段日子。

……

父亲背着我，母亲在旁边护着，就这样一直走过黑暗的地下通道，走过高高的天桥，走过长龙一样的列车，一直把我背到火车的座位上。

父亲脸上的汗水顺着鬓角滑落，而我的眼泪一滴滴打湿了父亲的肩膀。

写给九岁独自远行的女儿

孩子，你第一次独自远行，妈妈的心一路追随着你，只是小小的你不曾感知。

你是一个天性活泼的女孩，闷热单调的暑假让你感到无趣，你提出独自去外祖父所在的城市度假，那里有你熟悉的小伙伴。

妈妈虽然不舍，但相信在那座遥远的城市里，你能找到童真和友谊，所以，妈妈的心里只有欢喜和欣慰。

你的父亲送你去火车站，你手中抱着心爱的大布娃娃，肩上的红书包里放了一些矿泉水、零食和几本连环画。与妈妈分别在电梯口时，你匆匆拥抱了一下妈妈，很潇洒地挥手说妈妈再见。

你的一双细长眼睛笑盈盈的，没有半点儿留恋，就像一片没有云絮的天空。

快乐使你看淡了别离——妈妈不怪你，只是有些失落，等你将来做母亲时你才会懂得。

你今年只有九岁，你的生命之树新鲜幼嫩，无数阳光明媚的日子正在前方等待你，而母亲心灵的庭院里已有飘飘的落叶了，生长和飘落是两种截然不同的感受，孩子。

妈妈不停地看表，根据时间推断你坐在车厢里的情景，现在，临近傍晚也临近终点站了。

想你此刻一定怀抱布娃娃在观赏沿途的风景——夕阳如一只橙黄美丽的橘子挂在天边，也许是黛色的青山，也许是无边的绿野，也许是流淌的小河，也许是低矮的农舍，它们正迅疾地在你的眼前闪过和消逝。

生命中的景色也都是这样一闪而过、转瞬即逝的。不要急于开口或者表达感受，要慢慢感悟于心，让它们如同一首乐曲那样沉入心底。

总有一天，在你成长的经历中，它们会轻轻浮出记忆的水面，以哲人的冷静和诗人的语言叩击你的心窗，启示你关于自然、关于生命的秘密。

妈妈相信，在你专注欣赏风景的时候，你已在不自知中变成一幅清新脱俗的画。画面上有一个梳齐耳短发、穿粉色 T 恤衫和深蓝牛仔裙的小女孩——这个女孩有清澈秀气的眼睛、光洁聪颖的额头，周身静静笼罩在一片纯美的光辉里，这女孩就是你呀我的宝贝！

暮色将临了，妈妈想你！想拥着你柔软的小身体想亲吻你飘散淡淡香气的黑发，那时妈妈有些疲倦的心会变得非常宁静，有如退尽海潮的沙滩，平坦又湿润。

暮色将临了，孩子，你的父亲就要回来了，而妈妈还不曾预备晚饭。你的父亲他一定会问：你一直在做什么？我知道我会回答：在想女儿。我还知道在我这样说的时候，会有泪水夺眶而出。

天就要黑了，可是别怕，母亲的爱是一轮永不坠落的太阳，你即使看不见也一定能感受得到，因为这是茫茫宇宙中一份最真诚的许诺，永无反悔、永无欺骗。

现在，列车应该进站了，站台上迎送的人流中一定有你熟悉而亲切的面容，你一定快乐得脸蛋通红了，多么愿意你快乐啊。

此刻，你断然不会想到千里之外，有母亲愉快又忧伤的眼睛在注视你。

没有关系，爱不是占有不是束缚。爱，是给你一双飞翔的翅膀，即使有一天你终于远远、远远地飞出母亲的视野，那时，母亲的泪水也是欢乐。（妈妈当时这样写的时候，万万没有想到，有一天，你会一直走到地球的另一端、两万里地之外的太平洋彼岸）。

只是好孩子你不要忘记：托住鸟儿翅膀的是流动的空气，而托举你一双翅膀的是妈妈永远不变的祝福。

这封信是写给你的，我小小的孩子。

也许，你现在还不能够完全读懂，但终有一天你会领悟……那时也许会有泪水，沿着你长长的眼睫落下来，落在妈妈现在落泪的地方，和妈妈陈旧的泪痕叠印在一起，于无声的交融里，你会懂得：

爱的光芒虽然像黄金一样，爱的实质却更像淡绿的玉石——绚丽至极归于平淡。

你的手，放在我的掌心里

许多中国家长都知道，我们的民族比较忽略个体而重视集体。同时，我们又是一个非常谦虚的民族，视谦虚为传统美德。

我们这一代人就是在"谦虚谨慎、戒骄戒躁"的教诲中成长起来的。那时，骄傲是一种很大的缺点，会影响一个人的品质和前途。如果一个人比较自信、锋芒毕露，就有可能被人疑为自负，从而受到打击和孤立。

"木秀于林，风必摧之；堆出于岸，水必湍之"，正是针对这一现象的忠告，充满理性和预见性。

但是，时代毕竟不同了。

当我做了母亲之后，我开始重新思索这个问题。我认为，在生存空间越来越受到挤压、竞争日益激烈的今天，我们应该培养孩子的竞争能力，竞争能力是一种综合素质——它不仅仅是知识的、学识的积累，还应包括一个人自信和具备勇于挑战的性格。

我按照自己的理解教育女儿。

女儿很小的时候，我就让她玩公园的大滑梯。

那个滑梯是为大孩子准备的，又高又陡，女儿站在顶端，像个布娃娃。当她勇敢地滑下来时，我稳稳地接住她，并用肯定的语气赞许她。后来，许多大孩子的家长都以她为榜样，激励自己的孩子。有时，女儿还会让年龄比她大、胆子比她小的孩子坐在她的身后，和她一起滑下来。

　　有一次，带女儿玩儿一种新型的水上滑梯。

　　我不能陪女儿一起滑。那滑梯特别高，会快速俯冲下来，直接滑落到喷泉水池里。

　　女儿在高高的滑梯顶上一露头，下面围观的人就一片惊呼：谁家的孩子，那么小，怎么没有大人陪啊？

　　女儿也害怕了，她咬咬牙，把衣服包在头上，尖叫着滑下来，飞快冲进水池里，许多人又笑又鼓掌。

　　我带女儿去饭店吃饭。

　　我们的饭菜都快吃完了，点的一个汤还没有上齐。

　　我让女儿去交涉。她摇摇晃晃地走过去，学着大人的口气说："小姐，我和妈妈点的汤是不是已经做好了？如果还没有做好，我们就退掉，因为我们马上就吃完饭了。"被这样小的娃娃称为小姐，几个女服务员全笑了，赶紧说马上就好。

　　交涉成功，女儿得意地走回来，我微笑看着她，我的微笑就是对女儿的奖赏。

　　当女儿逐渐长大，逐渐接触社会时，这种教育会变得更艰难一些，因为，有的教育者会有意无意地打击孩子建立起来的自信，使我的努力付之东流。

　　但我坚持着我的教育方式，我不断地告诉女儿：相信你是最好的，相信别人能做到的你也能，别人做不到的，只要你坚持不懈地努力，也可以做到。

　　我要让这种信念在女儿的心里扎下根，成长为女儿自己的信念。

在女儿上小学四年级的时候，她的自信和勇于挑战的性格开始显露出来。这一年因为搬家，女儿转学到了一所新的学校。到新学校报到的时候，女儿还带着原来的小队符号，老师让她摘了下来。

我告诉女儿，在新的环境里，你需要得到重新认可。我还给她做了一个比喻：如果你是出色的，在哪里也出色，就好比即使把一把锥子放在口袋里，锥子尖也迟早会显露出来。

女儿班上有个女孩没有完成作业，老师让她回去请家长。那女孩怕挨打，不肯回去。因为影响了大家上课，同学们都七嘴八舌赶女孩走，还有的男生上去推她。女孩哭了，但仍然不肯回家。

女儿举起手问老师："我可以陪她回去吗？"老师点点头。

女儿竟然说服了女孩，陪女孩一起回家，还在女孩母亲面前为女孩说情。

我听说了这件事之后，大大赞赏了女儿，我说我喜欢她在别人做不到的时候勇敢一试的勇气。还有，当时那个女孩很无助，她其实需要别人帮助她走出困境。你没有像别人那样对待她，而是真诚地帮助她，你做得很对。

又有一次，女儿的学校举行歌咏比赛，班主任问大家谁会打拍子？女儿举起了手。

女儿真有些"初生牛犊不怕虎"，她其实根本不会打拍子，甚至连那首歌都不会唱。

我没有责备女儿，只是温和地问她："那你打算怎么办呢？"女儿想了一会儿说："六年级有个大姐姐打拍子特别棒，我请她教我。"后来女儿告诉我，她去时，那个班的男生叫她小嘎巴豆，还往外轰她。

女儿利用课间时间一次次执着求教，成功指挥了那次歌咏比赛，女儿所在班获得了二等奖。

不久之后，女儿当选了班里的中队主席，还独立组织了一次主题中队会，并在全校获得主题中队会组织一等奖。

我给女儿开家长会时，班主任对女儿赞不绝口，说这次主题中队会，从请校长到安排节目以及借录音机等一系列事情，都是女儿发动同学做的，就连节目之间的串词都是她自己写的，老师没有操一点儿心。

此刻，女儿指挥的歌咏比赛和主题中队会的奖状就挂在教室的正面墙上。

那以后，女儿还在北京市和全国小学生征文中获奖，并当选为中国少年先锋队第二次全国代表大会的代表。

《北京晚报》在报道这次会议的消息时，还配发了一张女儿的照片，旁边的文字说明是"小代表在认真听取大会报告"，照片上的女儿扬着清秀的小脸，表情严肃，十分可爱。

谁也没有料到，女儿在小学毕业时遇到了一个很大的坎儿。

当时，女儿学校全年级保送一个重点中学的名额只有四个，未保送的同学将全部按政策就近入学。

女儿的学习成绩毫无问题，但她的体育成绩未能达标。班主任和校长感到非常惋惜，告诉我，女儿在学校的保送名额之内，同时又说，一般同学只要体育成绩及格就可以毕业，就近升入附近中学，而保送重点中学的同学，体育成绩必须达到良好。

女儿虽然还有一次补考机会，但在这样短的时间里达标，似乎不太可能。

我把真实情况告诉了她，因为她的跳绳和投铅球的成绩都不及格，离保送条件的"良好"差太远了，学校和老师都已无能为力、爱莫能助了，只有靠她自己去拼搏。

女儿哭了，脸上被泪水涂抹得像只小花猫。哭够了，女儿说了一句让我感动的话："妈妈，你陪我练跳绳，帮我记时间，爸爸陪我练投铅球，帮我丈量距离。"

第二天，女儿从学校借了长绳和铅球。

每天放学回来先写作业，然后练跳绳，早上5点多钟起床，练投铅球。那几天，女儿的手臂练得又红又肿，疼得抬不起来，但从未间断过一次。

当时，正是盛夏，天气酷热，我陪女儿练跳绳时，她跳得大汗淋漓，浑身像从水里捞出来一样。

一次练完跳绳，一头扑进我的怀里，我听见她的心脏像敲鼓一样咚咚地狂跳，仿佛要跳出胸膛。

我原本想鼓励她不轻言放弃，但心中实在不忍，说出来的却是："咱们不练了，就近入学也挺好，还离家近呢。"我想说服她放弃了。

她摇摇头，又低头捡起地上的跳绳。

我在心里默默地说："无论结果怎样，妈妈都知道你尽力了。"

……

那一天，女儿去参加全区补考，不让我们陪她去。

中午，我去学校接女儿，很担心她是否能达标，因为练得太苦，她的手臂还肿着，恐怕难以考出理想成绩。

快到学校的时候，我看见了女儿，她低着头，我看不见她的表情，但看她慢慢走路的样子，觉得不太妙。

我叫了她的小名儿，女儿抬起头看见了我，立刻激动地向我跑过来，她的右手食指和中指高高举起，我看见了V字形——那个胜利的标志。

女儿把她温热的小手放在我的掌心里，我们笑着并肩而行。

你是我的天使

女儿天性快乐，内心充满热情和诗情画意，她喜欢读书、唱歌、骑马（十几岁时去坝上草原，她骑着高头大马，意气风发，紧紧跟在导游的后面）、旅游，喜欢逛书市、喜欢漂亮的服装和可爱的小挂饰，喜欢在细雨中散步，也喜欢游乐园里的惊险刺激……所有属于青春的美好事物都是她的最爱。

女儿是一所重点中学的高三学生，像所有这个年龄的孩子一样辛苦。无论春夏秋冬，都是清晨六点多钟离家，瘦弱的肩膀上背着那个足有十几斤重的大书包——冬天的时候，六点多钟骑车去学校，天色还是灰蒙蒙的，晚上放学回来也已是万家灯火。

匆匆吃过晚饭，女儿就走进她的小房间写作业，一直到夜里近12点钟。

这中间，我会给女儿送去水果——橘子、苹果、梨或者一瓣柚子。十点钟的时候，女儿已经很困倦了，她通常要一杯加咖啡和方糖的热牛奶提神。

日复一日、年复一年，几乎天天如此，唯有周五的晚上是个例外。

周五，女儿不属于书本，不属于那些物理定律、数学公式和化学元素，不属于解不完的题山、题海，也不属于背不完的英语单词和古汉语……这个晚上只属于我和女儿，是完全属于我们两个人独处的时间，她甚至不要她的父亲介入。

在这个晚上，女儿可以尽情地欢笑、尽情地释放被压抑的心灵、尽情地唱歌、尽情地享受生命的美好。

我也可以尽享天伦之乐。

我们有时去一家叫作"漂亮宝贝"的理发厅，将女儿乌黑柔顺的长发剪成短发，使女儿看上去更加神采飞扬，充满青春的活力。我们有时去书店，我靠在书架旁边，女儿索性坐在地板上，我们各抱着一本书看得忘记了时间，走的时候，再挑上一两本最喜欢的书买下来。

或者，我们去逛时尚女孩服装店、小礼品店，千挑万选，有时买一个造型简洁的木制发卡、一只镶嵌神秘花纹的亚光银手镯，有时买一串温润光滑的玛瑙石头串珠、一块色彩淡雅的小丝巾、绣着花朵的深蓝牛仔裙。这些带有浓郁东方情调的饰物，永远都会让女儿着迷。

还给女儿买过几件深红、淡蓝、水绿色缎子的小肚兜，买过白色、淡米色的亚麻中式布衫，窄窄的小立领、盘扣，袖口和领口都滚着杏色或浅粉色花边，这些衣服配上女儿润泽的黑发、亭亭玉立的身材和明亮的黑眼睛，有说不出的典雅俏丽。

也有时，我和女儿在蓝岛或燕莎商城，透过玻璃橱窗欣赏珠宝首饰，那些首饰晶莹剔透，在灯光下闪耀着璀璨耀眼的光芒。

如果我说哪一枚钻戒或者耳坠的款式别致好看，女儿就会深情地说："妈妈，等我长大了一定给你买，我还会给你买伊美婷或者瑞士羊胎素，让你永远年轻漂亮。"女儿的这份心意远比一枚钻戒贵重许多，因此，我心里也比真正得到一枚价格不菲的钻戒更快乐、更满足。

饿了的时候，我们就去附近的麦当劳快餐店吃蛋卷冰淇淋、薯条、麦乐鸡、辣鸡肉汉堡和橙汁。

圣诞节，我们又打车去王府井"必胜客"餐厅，等待就餐的人排成了长队。

这里的男女服务生，统一着红色衣服、红帽子上还有两个弯弯的褐色小牛犄角作装饰。

终于轮到我和女儿了，我们在服务生的指引下坐在餐桌前，每个餐桌的上方都悬着一个彩色灯罩，灯光将那些灯罩辉映得缤纷美丽，光线柔和宁静，非常舒适。

我们点了一份九寸比萨饼、一份炸洋葱圈、一份水果沙拉，一小份意大利式面条，甜点要了特色冰淇淋和叫作"CAPPUCCINO"的饮料。

比萨饼端上来了，上面填满色泽艳丽的馅料——孜然肉、火腿片、乳酪、洋葱丁、西红柿酱和菠萝块、奶酪，香喷喷的十分诱人。

女儿用闪亮的餐刀将比萨切成小三角块，再用叉子叉起来放进嘴里，姿态优雅从容。

我很欣赏女儿学习的时候知道刻苦努力，同时又懂得享受生活，这是女儿的聪明——她奋斗和享受的时候都同样投入。有时，这种放松和快乐，也是她对自己的一份特别奖励。

女儿很高兴我在这时候从不和她谈学习这样沉重的话题，我倾听女儿，她给我讲述一个星期来发生在她和同学、老师之间的趣事，女儿说话很幽默，又善于模仿，我常常被她逗笑，和女儿在一起我忘记了年龄和以往的不幸。

我想，如果命运注定我在经历那一切遭遇之后，才能拥有这样一个可心的女儿，我无怨无悔且由衷地感激命运。

离开必胜客比萨店，将近十点钟了。因为是冬季，街上行人不多，显得很冷清，只有天上的一轮冷月和幽暗的街灯，灯光斑驳地照在林荫道上。

我牵着女儿温暖的手，在宁静的夜色里听她一首首地唱歌，女儿会唱的歌真多，梁永琪、周惠、蔡依林、孟庭苇、张韶涵……很多歌星的名作，女儿都唱得非常动听。从她这里，我知道了F4、SHE和许多好听的英文歌曲以及美国著名的乡村音乐。

我知道，这也是女儿的一种宣泄方式，她借这些或欢快或忧伤的歌声，表达自己青春的欢乐和对于未来的向往，同时也舒缓内心的压力和迷茫。

我静静地听着，渐渐沉迷在女儿优美的歌声里。

突然，女儿伏在我的肩上："妈妈，和你在一起真好，真愿意就这样一直走下去……妈妈，你答应我，你永远都……活着。"女儿抬起头来时，黑亮的眼睛里泪光点点，显得那么凄迷无助。

我的内心隐隐作痛、凝噎无语：我不能欺骗女儿，也无法给女儿任何承诺……我只是紧紧拥抱着女儿，用我全部的深情和爱。

我知道，这一刻一定会比我的生命更长久，它在女儿的心里和记忆里已是永恒。

很多家长都曾经抱怨过为孩子付出了太多，包括金钱、精力、享受，甚至牺牲了事业，尤其是一些女性，喋喋不休，像怨妇一样，把孩子当成欠债人、当成负担、当成拖累，仿佛做母亲是一件多么无奈、多么痛苦的事，又是一桩多么不合算的买卖。

我也曾经抱怨过，在我劳累的时候。

但是，在这一刻我突然悟到：我们只在意了自己的付出，而忽略了其实从孩子那里得到了很多——孩子稚嫩的脸蛋、甜蜜的笑容、清脆的歌声和他们可爱的举止带给我们多少欣喜和感动，多少安慰和希望啊……在我们沮丧、疲惫的时候，孩子伸过来的柔软的小手、眼睛里亮晶晶的注视、轻轻的依偎和深情的呼唤，不亚于温暖的阳光或者暗夜里的一轮皎洁的月亮。

　　我含着无限愧疚轻轻对女儿说："谢谢你给了妈妈很多快乐和感动，你是我的天使，我永远都爱你。"

苦咖啡

那是一段十分艰难的日子。

由于我意外受伤，摔断了右手腕，家里的正常生活，完全被打乱了。以前，每天早晨，我一般先起床做早饭。

爱人的早餐是西式的——咖啡、牛奶、果酱、面包、奶酪、荷包蛋、茶叶蛋或者煮鸡蛋，女儿的早餐是纯中式的——肉夹馍、肉包、鸡蛋炒米饭、面条、豆沙包、豆浆，偶尔也吃汉堡包或者麦香鱼。

午餐都分别在单位和学校食堂解决。

下班的路上，我买好晚餐需要的蔬菜和副食品，周末或节假日，还要考虑一日三餐以及改善伙食之类的问题。

我常常觉得做饭是一件非常麻烦的事，要买要做要收拾，耗费很多精力和时间，十分可惜。

曾经和史铁生谈论过这个问题，铁生很有条理地说，在吃饭和做饭的问题上，大致可分为三类：第一类是喜欢吃又喜欢做的；第二类是喜欢吃但不喜欢做的；第三类是既不喜欢吃也不喜欢做的。

我说，我属于最后一类：不喜欢吃也不喜欢做，铁生笑着说，这大概是最不可救药的一类。

……

现在，终于有借口可以不用操心一日三餐了，也终于过上"衣来伸手、饭来张口"的生活，心里却十分不安：女儿即将参加中考，功课异常紧张，常常熬夜复习，营养和生活方面的关照，显得比平时更重要，但我根本无法顾及。

爱人单位工作很忙，还要请假来照顾我，半个月之后，我催促他上班。这时候，我胸腔因为重创积水导致的胸膜炎还需要吃药和卧床休息，但已不需要每天去医院输液打针了。

早晨，他先照顾女儿吃早饭上学，然后他匆匆吃早餐。上班之前，把水杯、暖瓶、饼干、奶粉、洗好的水果、电话机和需要服用的药片，放在我床边的椅子上。

这样，我可以用一只左手取药，还可以用暖瓶里的热水冲杯牛奶，饿了就吃几块饼干、香蕉或者苹果。

整个白天，我都只能躺在床上，既不能用看电视、看书消磨时光，也不能用睡眠让时间过快一些。

手腕难忍的疼痛和手指越来越剧烈的麻木，时时刻刻都折磨着我，每一分钟每一秒都在疼痛中煎熬。还由于受伤的右臂打着石膏不能活动，右肩也患上了肩周炎，灼痛难忍。

就这样，看着窗外的天一点点暗下来、黑下来，整个过程如此漫长。每天，我唯一的盼望就是听见开锁的声音，那声音标志着我又熬过难熬的一天。

通常爱人回到家，天都很黑了，他先去市场买菜，回来给我和女儿做饭，我们常常要八点左右才能吃上饭。

后来，他炖了一罐牛肉，分成若干份，每份都蒙上保鲜纸，存放在冰箱的冷冻室里。吃饭时，拿出一小份，配上白菜、土豆或者胡萝卜、粉丝，就成为一道营养美味的主菜。

民弟和妹妹工作之余，坐夜车来北京看我。在一天里，妹妹包了一百多个饺子、两屉菜包冷冻起来，又坐当晚的夜车赶回山西上班。

春节临近，70岁的父亲来北京接我回家过年。

当时，我的右手臂还打着石膏，在铁轨的撞击声和摇摇晃晃的卧铺车厢里，我竟然睡着了，始终守护我的是坐了一夜火车的父亲。

当列车快要进入大同火车站时，天已经完全黑下来，沿途铁路两旁出现一栋栋楼房。很多房间的窗口和阳台上都点亮着红色的圆灯笼，透着一派温馨吉祥。

那么多闪烁成一片的红灯笼——在旷野里，在漆黑夜色的衬托下，是那么醒目明亮、那么祥和美丽。

邻座小台桌上，一杯热咖啡袅袅散发着浓郁的香气。

生活，不也正像一杯苦咖啡吗——只有热爱和细细品尝，才能享受到那种甜中有苦、苦中又有甜的独特滋味。

第四辑

多情少年

小时候，我是一个活泼清秀的女孩，有修长的腿和好看的长发辫，辫梢系着红蝴蝶结。

我的语文成绩是班里最好的，作文常常被其他老师拿到班上去读。我从来没有注意过你的存在，直到有一天，你也当上中队委员，我才知道班里还有一个浅黑皮肤的男孩。

你喜欢穿一身蓝色学生装，显得很沉静，和你说话时，你总羞怯地微笑，一对墨黑的眼珠深得像有波纹闪动。

中学毕业后就再也没有见过你，只偶尔听别的同学说起你的父亲原是国民党军官。我是在一个雨天听到这件事的，那个时候谁也走不出雨季。

那天，我去火车站为一个儿时的伙伴送行，不期遇上了你。你已长成一个英俊少年，只是稚气未脱的脸上写满了忧郁。

你告诉我，你也今天走，乘这列火车去陕西插队。开车的时刻到了，你才脸红红地问我："可以通信吗？"我迟疑了一下，点点头，你赶紧记下地址。

这时，你的姐姐在一边大声地喊你上车，你匆匆瞥我一眼，敏捷地跳上车厢。

以后，你写来过许多信，那都是你在一盏如豆的油灯下写的，那些信，像灶膛里的火，烘烤了一个少年寂寞潮湿的岁月。

有一次，我告诉你先不要来信，因为我要到另一座城市去看望母亲。不料，刚到母亲家，你也随后到了，脸庞晒成浅棕色，腼腆地微笑着，露出整齐洁白的牙齿。

我很吃惊：你为什么不问我，会喜欢你这样做吗？你只是我的普通同学，你凭什么自作主张到我家里来，你征求我的同意了吗？在通信的过程中，我从未给过你丝毫暧昧的暗示，因为我从来没有过其他任何想法。

在那几天里，邻居家的几个男孩也常常来家，我和他们又说又笑，就是不肯对你说话，一句也不肯说。

你显然也很困惑，不明白我为什么如此待你？

你的笛子吹得很好，你常常吹着一支忧伤的曲子，那笛音颤颤的，是那么的孤独和悲凉。

母亲十分善良，她看在眼里，没有对我说过一句责备的话，只是为了弥补我的冷淡，她常常显示她的热情，就好像你是她的儿子。

我同样愤怒母亲这样做，在一个大雨天先离开母亲的家。

你替我提着书包，默默走在我的身边，你不知道该说什么，而我任性地不理你。

车窗玻璃上，有雨水细细弯弯地流下来，你站在车窗下面，一绺黑发湿湿地贴在额角，你抬起手缓缓地抹去雨水。

列车开动时，我清清楚楚地看见，有泪水沿着你年轻面庞静静地流淌下来。

这是我生命中第一个男孩为我流泪，我不会忘记。

其实在那一刻，我心里已经原谅了你。

但是，我还只有17岁，我总觉得，在一个我不知道的地方，有一个为我而生的男孩在拼命长大，等待着娶我，但那不是你。

你又写来过许多信，我一封也没有回，就这样，沉默着看你散落在茫茫人海中。

我当时并不知道，母亲为我的冷漠感到抱歉，她嘱咐弟弟一直和你保持通信联系，你从火车站回去后哭得像个孩子，令她非常不忍。

19岁那年，我在一次探亲途中被火车轧伤。

一天，天气晴朗，同病房的人都到楼下活动去了，病房里很安静。我穿一件天蓝色绸衣，正斜依在枕头上看《水浒传》，这本书是手术室麻醉师借给我的，他说，想看这本书的人都排成队了，我第一个给你看。不过，只能给你三天时间，你看完我还要考你一些问题呢。

所以，我看得格外认真。

这时，病房的门被轻轻地推开了，我抬起头一下愣住了：你就那样站在门边，默默地看着我，表情忧伤而疼痛，仿佛受伤的是你而不是我。我安静地望着你，心底没有一丝涟漪。

你依然是学生时代的打扮：平头，蓝裤子、白衬衣、白球鞋，只是明显消瘦了，线条简洁的脸庞有些苍白。

我猜想，这可能都是因为我的缘故，我隐隐有些歉意。所以，你问我的话，我都耐心地好好回答了。

坐在床边的椅子上，千言万语都在你疼惜的目光里：

"你好吗？"

"挺好的。"

"伤口还疼吗？"

"不疼。"

我终于开口对你说话了，你似乎松了一口气。

也许，你设想过这次见面，设想过我的软弱可怜，设想过你千里迢迢而来，我会需要你的保护和温情。

　　其实，我还是那个倔强和晚熟的女孩，我不了解你的心里是怎样的翻江倒海。命运的突变并没有真正改变我，我依然任性，依然不解风情，我也毫无心计，不知道应该抓住对我一往情深的你，做未来的依靠。

　　你几次欲言又止，似乎有很多话要说，却又不知道从何说起，我能感觉到你不安和探询的目光。

　　沉默良久，我说："你走吧。"

　　你站起来，脚步有些迟疑地停在病床前："那……你好好休息吧，我会再来看你。"

　　"不，不用，谢谢你。"

　　你愣住了，深深地看我一眼，那眼神里流露出你全部的温柔和痛楚。然后，你转过身去，挺拔的身影很快消失在门边。

　　第二天，父亲来到医院告诉我，是母亲让弟弟给你写信，告诉你，我出车祸的消息，没想到你立刻就赶来了。

　　父亲说，这是一个重情重义的好孩子，你跟他们表示过了，愿意照顾我一辈子。

　　父亲还说，你昨天回家看见他们就哭了，一夜没睡，给我写了一封长信。

　　父亲说着，把一个粘贴好的厚厚的信封递给我，我用手打落在地上，任性地喊："我不看！我也不用你们瞎操心。"

　　当时的我，哪里懂得父母亲对于我今后的忧虑。

　　回北京后，你还到外祖父家里看我，我依然一句话不说，也不看你一眼。

　　直到几年之后。

　　我体验了爱的美好和痛苦，才突然想起你，也才懂得了当年给了你多么致命的伤害。

后来知道，你一直未娶，提起我，你依然充满困惑和幽怨。

你就是不明白：你对我那么好，连石头都能暖热了，我为什么就那么无动于衷，那么不懂得珍惜？难道是你不够好吗？难道你没有我好吗？

听到这个消息的那天傍晚，我独自走了出去——细雨初歇、天蓝如洗，一群灰色和白色的鸽子从头顶上掠过……徐徐地，有片洁白的羽毛自云中飘落，使我想起你心中早生的白发和你纯情如雪的初恋。

我有些震惊：没有想过我的任性，会给你造成一种永久性的伤害甚至影响到你的未来。

真想深深地对你说一句：对不起，伤害你实在是我无意的，我的拒绝方式完全忽略了你的自尊和感受，请原谅我好吗？

也许，比起你付出的一切，这句话太轻太轻。那么，请让我再对你说：真愿意有人爱你，就像当初你对我一样；真希望你从此忘记我也忘记我给过你的伤害；真希望你能够明白：一个人的好与不好，都不值得和不足以毁掉你自己的未来，你好好地生活，好吗？

我也懂了：你对我的好，不能成为我伤害你的筹码。

小卷毛弟弟

我喜欢安静，不太爱交朋友。

我的小弟弟是和我正相反的人，他是我认识的人里面朋友最多的。而且，他的朋友都是一贯制，从来没有听说过他和哪个朋友有反目的事。

在那座小城里，小弟弟的正直、坦率、乐于助人和为了朋友"两肋插刀"的义气，都是出了名的。

街上有人调戏女孩，他路见不平、敢拔刀相助。帮助朋友他从不惜力，有朋友借钱，他能把刚领到的工资全部掏给朋友，朋友不还他也绝不张口讨要；如果借钱的数量较大，他会从家人那里去借，然后如数送到朋友手中。

他的那些朋友有穷有富，无论是当官、经商还是卖苦力的，他一概称兄道弟，那些朋友，不管年龄辈分，一律称他英哥儿。

小弟弟是"大跃进"年代出生的，"大跃进"提出的口号是"超英赶美"，所以，那时很多男孩出生都叫"超英"，这也是小弟弟的名字。但这个名字很少有人叫，以至于小弟弟领工资签名时都对这个名字感到有点儿陌生。英哥儿几乎成了他的"官称"，连他单位的领导也不叫他的学名叫他英哥儿，而他管领导叫"哥们"。

每次我回那座小城探亲，全家十几口人，上至 70 多岁的父亲和继母，下至弟弟妹妹和孩子，都会到火车站去接我。

那次，是小弟弟用自行车推着我，大弟弟紧紧护在车子旁边。从车站到家有很长的一段路，因为是清晨，路上行人熙熙攘攘的。街道两旁不断有人和小弟弟打招呼："英哥儿早。""英哥儿忙哪。"有男有女、有老有少，但男性居多，与他年龄相仿的居多。

小弟弟笑容可掬，不断地转头，忽左忽右地回应，让我看得头都晕了。

"都是谁呀？"我问。

"朋友。"小弟弟简单地回答。

大弟弟笑着，很不以为然地说："都是他那帮狐朋狗友。"

小弟弟也不辩解，继续点头哈腰、笑容满面。

好容易走到自家的楼下，我替他松了一口气。大弟弟说："还没完呢，楼梯上还能遇到他的酒肉朋友。"

果然，楼梯上也不断有人和他打招呼："英哥儿，下夜班？""英哥儿吃啦？"小弟弟始终保持着微笑，那笑容真诚温暖，没有丝毫的敷衍成分。

我一般两三年回去探亲一次，所以，弟弟妹妹下班都舍不得休息而陪着我。我很不忍，有时硬把刚下夜班的小弟弟轰回去睡觉，但他半路上又不免被朋友们"劫"了去，帮忙或者陪客。

我因此很反感他的那些朋友。

全家的团聚对于从小离家的我十分难得。有时，正在吃饭，小弟弟的朋友们就来找他，每次，小弟弟总是热情地邀他们入座，开始我还以为他是出于客套，后来才看出他确有诚意。

我在心里，也不太友好地称他的那些朋友为"狐朋狗友"。尽管他们很尊重我，在我面前十分拘谨，但我对他们一直都比较冷淡。

他们离开后，我就迁怒于小弟弟，朝他发脾气说："你的朋友怎么这样没眼色，他们看不出来这是家宴啊？"

小弟弟满脸歉意，赔着笑脸哄我，给我捶背或者摇扇子，但不肯说朋友的一句不是，那份包容，让我不免心生愧意。

那天，两个弟弟陪我去医院"拔牙"，因为时间长了，父亲和小妹妹不放心也找了去，一行人走出医院时"浩浩荡荡"的。

回到家里我刚躺在沙发上，就来了小弟弟的几个朋友。据说，有人远远地看见我们从医院出来，以为我得了什么病，特意约了几个人来探望，看看是否需要帮忙？

小弟弟央我起来一下：他们是特意来看你的，姐。

我的牙正疼呢，没好气地说："看我干什么，我这样儿不想见人。"小弟弟是绝不肯让他的朋友尴尬的，他站在门口模仿大太监李莲英的口气，拉长声音喊："尔等暂且退下，姐姐有旨，大小官员一律免参免见哪。"

他的朋友都特实在，说姐姐几年才来一次，我们看看就走还不行吗？

小弟弟用乞求的眼神看着我，我只好从沙发上爬起来，戴上一个大口罩。他们低着头鱼贯而入，挨个毕恭毕敬地问候我，然后说，姐姐好好休息，我们走了。依然鱼贯而出。

我回京时，他们会找来汽车送我，把大堆的礼物塞进车窗，又一直等到车开。站台上，他们站成一片，叼在嘴上的烟头明明灭灭，像一小粒一小粒红亮的星星。

小妹妹和我开玩笑说，姐，那么多人护送你，你特像黑社会老大。

我的心里有些感动，也有些明白：我从北京来，没有让过这些孩子一支烟，也没有对他们说过一句温和体贴的话。他们如此礼仪待我，完全因为我是小弟弟的姐姐，他们也当我是姐姐了。

其实，小弟弟的这些朋友，有一些是我早就认识的。

还是多年前，小弟弟和他的朋友们插队回到那座小城，才发现这里早已没有了他们的位置，既没有住房也没有工作。

那天，我在北京接到小弟弟的电话，说他们来上访了，他还是被大家推选出来与官方谈判的代表。

他们就露宿在北京街头，我力劝小弟弟来我这里住。当时，正是冬天，北京的夜晚寒气逼人，小弟弟却坚辞不肯。

我只好请了假，出去买了20个芝麻烧饼给小弟弟送去，我在每个烧饼里都夹上酱肉，这是小弟弟最爱吃的。

转了两趟车才找到他们，黑压压的一大片，足足有一二百个孩子，瑟缩着蹲在地上，却井然有序，十分安静。小弟弟站在队伍前面，穿一件军大衣，栽绒的大衣领子竖起来，他那满头自然卷曲的头发和白皙清秀的面庞十分惹人注意。

"怎么来了这么多人，我以为只有几个人呢。"

我一面说一面默默把烧饼塞在他的怀里，希望他抽空填饱肚子。否则，饥寒交迫，如何度过北京寒冷的漫漫长夜？

小弟弟一定闻到了那诱人的香味儿，他咽了一口口水，转手把热乎乎的烧饼递给另一个男孩："先给几个发烧的人吃吧，咱们再想办法。"

我无言，不知道该说什么，但我知道小弟弟一定很饿，他插队的时候因为吃不饱，落下一个手抖的毛病，饿了手就哆嗦。此刻，我清清楚楚地看见，他夹着烟卷的手指在微微颤抖，但他孩子气的脸上是一种坚强平静的表情。

夕阳西下、暮色四合时，小弟弟和他的几个朋友站在路边和我挥手告别，冷风吹裂了他的嘴唇，吹乱了他微卷的头发，因为寒冷和饥饿，他的脸色十分苍白。他说，姐你回吧。又装作满不在乎的样子向我挥挥手，却挥出我满脸的泪花。

第二天上午，小弟弟给我打来一个电话，说他们要回去了……话没说完，电话似乎就被强行挂断了。

后来我知道，他们是被押解上车的。北京火车站的入站口站满了武警，几百个孩子就走在两排武警中间，小弟弟走在最前面。

我一直很替他担心。

据说，曾有指示要处分这次聚众闹事的幕前幕后的人，小弟弟很仗义地承担了全部责任，不肯供出任何人，他的朋友们也努力保护他，愿与他荣辱与共。

那是一个很温情的城市，民风淳朴善良，事情最后也就不了了之了，这次集体上访的结果是：全部知青被安排到铁路工程队上班。

小弟弟被分在铁路工程队当架子工，他有"恐高症"，一爬架子就手脚冰凉，要虚脱了一样。

"架子工，三年没有上过脚手架，你信吗？"父亲问我。

父亲告诉我，有一次，小弟弟的领导也忍不住说，英哥儿，你是架子工，总不能一辈子都不上脚手架吧？

小弟弟的那些朋友立刻异口同声地说："头儿，您可千万别难为英哥儿，英哥儿地上的活儿也不少干，他在架子上的活儿我们全都包了。"

领导奇怪地问："换了别人你们也这样吗？"

"除了英哥儿，别人我们不管。"又是异口同声地回答。

领导很感慨：英哥儿，这么好的人缘？

有一次，小弟弟的一个同事喝多了酒，提着一暖瓶开水对他说，我敢把这壶开水倒你身上。

小弟弟没有料到他醉得那么厉害，也笑着说，你倒吧。那个醉鬼竟真的把一暖瓶开水从头顶灌进小弟弟的衣领里。

小弟弟被严重烫伤了，整个背部露出鲜红的血肉。他裸着后背在床上趴了好多天，疼得整夜都睡不着觉。

领导去看他时很心疼："非得处分那个小子，太不像话了。"弟弟的一帮朋友也要收拾那个人替他出气。

别，小弟弟说，这事不赖他，是我让他倒的。

领导说，被烫了，还把责任都揽到自己身上，有你这样的吗？

那些日子，不知道小弟弟是怎么熬过来的。要是别人一定会诉说甚至夸张自己的病痛，以博得别人的同情。他却从来不说。

这些都是父亲事后告诉我的。

……

母亲去世时，小弟弟曾在殡仪馆里哭得昏死过去，连殡仪馆的工作人员都说，还没见过儿子哭母亲哭得这么痛、这么真的。

那时候，我也被这个巨大的不幸击倒了，完全顾及不上父亲和弟弟妹妹。幸亏他的那些朋友，日夜守护着小弟弟，陪他一起度过那些痛不欲生的日子。

……

每年清明前后，弟弟妹妹们会千里迢迢会合在母亲的墓前给母亲扫墓，母亲的坟墓就坐落在群山翠柏的环抱之中。

那时，小弟弟会在地上长跪不起，默默流完一年的眼泪。然后，他依然是那个显得满不在乎并总以欢乐示人的他。

这就是我的小卷毛弟弟：他为"情"所累、为"义"所累，为"生活"所累，必定活得沉重、活得疲惫，但也活得坦然。

我爱我的家

住院一年半以后，我坐在轮椅上，由母亲推着离开医院。

街道旁一个土坡上面，有座用黄色土墙围住的土坯房，它看上去更像是颓败的农舍，母亲没注意到我的诧异，她高兴地说："小华快看，这就是咱家了！"

我注视着这个家，心里悲喜交集：从天而降的灾难几乎让我和这个家失之交臂。

突然，关于那个寒冷冬夜的记忆，满血复活，裹挟着风雪扑面而来。而现在，命运峰回路转，又将我带到家的面前，我心里涌起一种强烈的感恩之情，我很想伸开双臂，把我的家紧紧拥抱在怀里——不、不，其实我现在是在她的怀里了！

房门打开，弟弟妹妹欢叫着，从坡上争先恐后地向我跑过来，身后跟着一只胖乎乎的小黑狗，像个小圆球似的滚下土坡。

站在轮椅前，它先向母亲摇着小尾巴，又对着我"汪汪"地叫。

小毛三蹲下身，抱住它的头说："姐姐，你别怕，这是咱家的小虎子，它不认识你才叫的。"又对小狗说："虎子、虎子，别瞎叫，这是姐姐。来，跟姐姐握手。"

小虎子听话地半立起来，吐着粉红的舌头向我伸出一只毛茸茸的小爪子，见我并不去握，小毛三着急地喊："姐姐，快握啊，虎子可坚持不了多一会儿。"

小虎子果然坚持不住了，前爪落地，有些扫兴、有些委屈地叫了两声。

"虎子、虎子，还没表演完呢，来，欢迎姐姐。"小毛三又叫。小虎子似乎有点儿不太情愿地转过身去，把圆滚滚的小屁股对着我，摇了摇小尾巴，好像在说欢迎——欢迎！

我们都被逗得大笑起来，突然扬起的笑声，把落在土墙上的一只灰鸽子惊飞了，小虎子也吓了一跳。玲玲得意地喊："姐姐，这是我们为了欢迎你专门排练的节目。"

看着弟弟妹妹天真的笑脸，我心里感慨万端：今天的团聚来得多不容易啊，父亲母亲还有我，我们三个人，都曾经是死里逃生啊！

我感动：在经历了那么多风雨飘摇的日子之后，我们这个家里的每一个成员，依然可以发出那么真诚、那么由衷的笑声。它是在说："我们战胜了！"

是的，我们坚持了自己的生命、信念和欢乐，坚守了一个家庭的完整。如果少了其中的一个人，这个家便会坍塌一角……可是，我们全都闯过生死之关，又同在这一片蓝天下相逢了，这是一件多么值得庆幸的事！

我回过头去望着母亲，她看着环绕在身边的儿女，脸上显出一种少有的安详，眼前的景象不正是她多年苦苦盼望的吗？

"现在，就等你爸了，他说过一定会赶回来……这会儿，他一定是在路上了。"母亲温柔地说。

傍晚，在全家人热切期盼下，父亲披着满身霞彩出现在土坡上。

玲玲喊："虎子，你看谁来了，是爸爸回来了，快去接爸爸。"小虎子颠颠地跑出去，撒欢地往他身上扑，蹭着他的裤腿，又围着他身前身后地跑。

父亲穿一身崭新的蓝色铁路制服，连鬓胡子刮得很干净，显得格外精神，他带回了一瓶酒、一包豆制品和几个松花蛋，还给小虎子带回两根骨头。

掌灯时分，我们全家围坐在一张圆桌旁。

橘黄的光晕柔和地洒下来，将一盘盘菜的颜色辉映得十分漂亮：金黄的炒鸡蛋、碧绿的拍黄瓜、姜汁松花蛋、肉片烧扁豆，豆制品里，母亲配了几片鲜红青绿的灯笼椒。撒了蒜茸的烧茄子，还袅袅地冒着热气。烧茄子是母亲的一绝，她用很少的油照样能把茄子烧得糯软可口。

我的左右分别坐着父母亲，依次是民弟、小毛三和玲玲，小虎子乖巧地卧在圆桌下面，专心啃着父亲给它带回来的骨头。

父亲打开一瓶白酒，又转身拿过几个茶杯，放在每个人的面前。

"今天是咱们家团聚的日子，每个人都喝点儿酒。"

"别，孩子们哪儿会呀？"母亲说。

"不，你别拦我，我今儿特高兴，谁都要喝，玲玲用筷子沾一下也算喝了。今天这酒必须得喝。我这么多年来也喝酒，那都是借酒浇愁，今天不是……是高兴。"

父亲给自己面前的杯子斟满酒，又给每个人的杯子里倒了一点儿酒，轮到我时说："小华，你有伤口，陪爸爸少喝一点儿。"父亲举起斟满酒的茶杯，先和母亲手里的杯子轻轻碰了一下，他们彼此深情对视着，千言万语尽在不言中了。

然后，他们一起转向我们，慈爱的目光从每一张稚嫩的面庞上滑过，我们也都专注地望着他们，望着我们的饱经风霜和磨难的父母亲。

父亲激动得声音有些沙哑："今天，咱们这个家终于团圆了，一个都不少……一个都不少，全到齐了！这么多年来，咱家都是离多聚少……这两年里又发生了多少事啊，你们的妈妈做了那么大的手术，姐姐从车轮下死里逃生……小华，你是好样的……你不知道，你的坚强给了爸爸多大的勇气和力量，爸爸谢谢你。"

他的声音有些哽咽，但他努力克制着："小民一直帮爸爸扛着生活的重担，夜以继日地照顾和陪伴姐姐，还到铁路工务段当养路工、抢大镐，那不是一个17岁孩子能干的……还有小毛三、玲玲，都是懂事的孩子，是爸爸的好儿子好闺女，在最难的时候，你们都是爸爸坚持下来的理由……当然，我最应该感谢的是你们的妈妈。古人说，夫妻本是同林鸟，大难临头各自飞，可是，你们的妈妈她……"父亲说不下去了，他仰头把酒一饮而尽，连同奔涌而出的满眶泪水。

每张脸都泪眼模糊。

过了一会儿，父亲提议让母亲唱一段评剧《秦香莲》，多年未唱了，但母亲一开口，依然字正腔圆，嗓音珠圆玉润。

母亲看上去很平静，但内心一直深深自责，深深忧虑我的未来。其实，我们都忽略了：伤痛虽然在我的身上，但隐形的致命伤口，却铭刻在母亲的心尖上。

细雨润物

邢老师是一家著名文学刊物《青春》编辑部的资深顾问。

有很多人，包括一些年轻热情的军人大学生，都想写写我和邢老师的故事，但都被他拒绝了。

那时我很年轻，先后失去我此生最爱的人——外祖父母和母亲，也几乎一无所有，只随身的小衣箱里装着他们三个人的骨灰盒。

濒于绝望又喜爱文学的我，给那家编辑部写了一封信，《青春》编辑部于我陌生的，但"青春"这个名字，却似乎与我有着千丝万缕的联系。不久，我收到编辑小梁姐姐的来信。

读信的时候，我似乎看见茫茫远方有一盏橘红的灯火，遥遥地向我闪烁，如冰心说的那个"小橘灯"。

迷茫无助的我，坐了一天一夜的火车，去那里寻找。那个城市古色古香的，洁净的街道两旁，栽满高大美丽的法国梧桐树。

在编辑部里，我见到了邢老师。他清瘦而安详，周身静静笼罩在柔和慈爱的光辉里。

握住他伸过来的手，很温暖。我笑了，就像游子回到家，躺在童年的屋顶上数星星一样，又恬静又疲倦，一种久违的感觉。

小梁姐姐告诉我，就是邢老师让她给我写信的。

邢老师或许并不知道，他正在参与一个年轻生命的修正与创造。那时的我也还不懂得：所有属于自己的路都要印满足迹，走完全部过程，而守望的果实，可能就挂在途中的某一棵树上。

那以后我常常想，当初如果不是邢老师让她给我写信，我今天的生活或许完全是另外一个样子。

我想象，邢老师的心，该是一片坦荡、蔚蓝的湖泊，湖面洒满阳光。对于我来说，他既是尊贵的长者，又是可信赖的朋友，他微微俯着身体，专注倾听的侧影，清晰地留在我的记忆里，从此再也没有抹掉过。

正是梅雨季节，淅淅沥沥的小雨很缠绵，我住的旅馆房间后窗，紧挨着一栋古朴的小木楼，小木楼被雨水浸湿了，湿漉漉地露出深褐色的纹路，勾起人一种乡愁似的遥远又亲切的感觉，使人想起原始森林、想起炊烟、想起林间小路上梅花瓣似的蹄印。

雨渐渐小了——只有牛毛似的细雨丝轻轻飘洒下来，落到积水里，水面就泛起些微的颤动，屋檐下的滴水就像琴声一样好听。

我静静听着，心境柔和安宁，仿佛一只在风浪里颠簸游荡的小船，终于靠在岸的臂弯里了。

雨后乍晴，东边的天空上飘浮着一大片粉红色的云，形状很像碧蓝湖水里遨游的一只天鹅。

这天，杂志社的两个编辑，陪我去参观南京的名胜古迹。

我换上一件浅黄色短袖绸衫，把黑亮柔软的长发分成两绺，用坠着淡黄玻璃珠的辫绳扎起来。在桌上的小圆镜里，我看见自己的皮肤，闪着玉石一样的光泽。

黑色闪亮的小轿车飞快地驶上一条偏僻的公路，把城市的喧嚣和拥挤甩在身后，空气一下清爽起来。公路两侧，是由高大树木和灌木丛遮掩的山谷，远远望去是一片浓绿，浓得仿佛融化不开似的。

这绿幽幽宁静的山谷，充满了凉意和美感，我觉得自己蒙尘的心都被这清风和绿意洗涤了一遍。

明孝陵前，威武的石人石马，栩栩如生，几百年来一直默默守护着这里的神秘和肃穆，风从树林中穿过，树叶飒飒作响。

在这里，我清晰地看见时间的流逝，甚至清晰地听见历史遥远的回声，我隐隐意识到：历史滚滚向前，并不记录渺小的个人悲剧，而个人，都不过是历史的匆匆过客，是宇宙中的微尘。

我也突然明白了邢老师他们为我安排的这个活动，他们一定是希望大自然和历史的壮美，能够启迪我的目光超越个人不幸，能够看得更远更宽一些，从而使我更加热爱生命，我将因着这爱而充实而勇敢。

过去，我一直沉湎在个人的悲剧性命运之中，它如乌云一般遮蔽了我的视野，让我看不见晴朗的天空。

我想，如果我不把目光转向未来，我就将是永远不幸的。

我仰起头，让山谷中的风吹动我的长发，我的思绪，如四野起伏的群山。我知道了——真正的生活，必定有变幻不定的色彩，永远有追求，有让人灵魂发生巨变的力量，有崎岖和探索，有深刻的痛苦和欢乐。

而现在的我也有勇气说：我敢于伸开双臂，拥抱这一切的一切。

离开南京的时候，邢老师和编辑部的其他人，一起把我送到楼下又一直送出大院。

仿佛认识很久了，我的心里充满依依惜别之情。

……

列车早已驶出南京站，繁星似的灯火也变得稀疏，渐渐地，周围只是一片黑暗的原野了。

我靠在座位上，默默望着车窗上水绿色的绸帘被夜风吹得飘起飘落，昏黄的灯光下，人们都昏昏欲睡。

车厢那头，偶尔传来婴儿梦中的啼哭，随后是困顿至极的母亲，用朦胧的声音嘟囔着什么，轻一下重一下地拍打着婴儿，之后便一切归于沉寂。只有铁轨和车轮在暗夜里更加有力地相撞，偶尔迸发出耀眼的火花，车厢里摇晃得很厉害。

我的心底，也飞舞着一片缤纷的火花，它们如涟漪般渐次扩大，我的心被辉映得明亮起来。

南京之行，成了我生命中最重要的一站。

多年来，邢老师一直和我保持通信联系，一直给我写信。

我那时年轻，对生活的许多看法单纯而执着，他从不对我说重话，他知道我其实很脆弱。他也一直在不懈地努力，想帮助我这只受伤的小雀像鹰那么飞起来。

泽华，诗歌大受称赞，我们已联名推荐。

——摘自邢老师的信

祝贺你，诗选用三首，将在女作者专辑上发表。

——摘自邢老师的信

我没想到，这几首诗歌的发表，给我带来新的机会。

不久，我收到北京语言文化大学阎纯德教授的来信，他们正在筹划出版一本女性诗选。他说，我在《青春》女作者专辑上看到你的诗，那些诗句也许有些纤弱，但它的单纯透明以及浸润其中的淡淡的忧伤很打动人，希望你寄一些诗和个人照片、简介给我。

我有点儿不敢相信，就给邢老师写信，问他我该怎么办？很快收到邢老师的回信，他说："大家传阅了你的信，又一起商量着怎样给你回信。"他们似乎喜忧参半，既担心我错过这个难得的机会，又怕其中有什么不妥。邢老师含蓄地嘱咐我慎重一些，多了解一些情况，不要不相信也不要太贸然相信。

他说，这对于你毕竟是一个机会。

迟疑再三，我没有回应，阎纯德教授再次来信，并带着他的爱人杨杨老师来看我。

这本诗集后来由福建人民出版社出版、著名诗人臧克家题词，北大谢冕先生作序，选用了我的一组诗。

阎纯德教授在诗集后记中充满激情地写道："我们喜欢她们的诗，这不是因为她们都是女性，而是因为她们的诗作都独具风采。中国诗人百姿千态的诗风，都能在她们的诗作中找到恰如其分的印证。"他还写道，这部"荟萃了从五四时期到80年代的115位女作者的诗集……这部几代同堂的诗选中，有蜚声海外的老诗人，也有刚从国内显露诗名的女作者……40年代后出生的女作者占60%还多……仅仅这个比例，仅从她们如花似朵的年龄，便可预示中国新诗园的锦绣前程。"

谢冕先生更是如此优美地写道：要是没有她们的诗，我们的诗歌会是何等的寂寞。她们不仅给了那些天才诗人以激情和灵感，由于获得或者失去她们的友爱和温存，诗人们创造了数以万计的动人诗篇，也许更为重要的是：作为一个历史的进程，她们自身也成了诗歌的创造者。

我惊异地发现，在这本诗集里，我的名字和冰心光芒四射的名字以及萧红清丽忧伤的名字偶然相遇。

随后，我又在《人民日报》副刊发表了诗歌和散文，责编是著名诗人、评论家卢祖品先生，他曾在文学刊物《十月》上为我的组诗写了评论。中国青年出版社出版的诗集也收入我的新诗。

邢老师出差到北京看望过我，还托过北京的作者给我带来南京的特产板鸭、雨花石。

我永远都记得，我是从《青春》走出来的。

《青春》编辑部的主编，斯群老师来北京看我，我才听说了邢老师无比坎坷的遭遇。

我终于明白：他的善良、宽容以及对于人的尊重与理解，都源于他自己最痛苦的生命体验。而这一切，他从未吐露过半句。

我猜想，他是不愿因自己受到命运的不公正对待，而影响我对生活的信任与爱。

以后，我成为京城一家杂志社的文学编辑，常有一些青年来信虔诚地求教，也常常向我诉说他们的不幸和困惑。

我从不敢怠慢每一颗裸露伤口的心灵，因为我知道：无形中，我也像当年的邢老师一样，正在参与一些年轻生命的创造和成长。

每逢年底年初，便有许多精致美丽的贺年卡，写满感激和祝福，雪片一样铺满我的办公桌。

那时候，我总会默默地想起邢老师。

最让我欣慰的是：在邢老师去世之前，我从美国留学回来的女儿，替我专程到南京养老院看望他，给他买花、唱歌，搀扶着他去饭厅吃饭，他都高兴地告诉别人，这是他的外孙女，还专门给我打长途，告诉我，他有多么开心！

在我写作第一本书的时候，邢老师还特意把我多年写给他的信寄给我，帮我做回忆用，抚摸着那一摞保存得平平整整并按照日期编好的信件，我感动得说不出话来。

他是我那本书稿的第一位读者，读完后亲切鼓励我并提出中肯意见，还亲自到邮局把厚厚的书稿寄还给我。

他在养老院里曾写信，托我在北京书店给他买有关《红楼梦》研究的学术论著。

可是，当我把书寄给他的时候，他已经离去。接到他家人告诉我的消息，我站在信箱前失声痛哭。

在《青春》女作者专辑上，我发表过一首吟诵细雨润物的小诗，大意是：细雨无声落在地里，看似无影无形，但它其实幻化为另外一种生命形式，永生在一片润泽的叶子或者一枚灌浆的果实中。

您也以这样的方式，永生在我的生命里。

果子干、团圆饼和莜面情结

我四岁那一年，父亲被调到塞北的一座小城工作，并带走母亲和弟弟，把我留在了北京，从此，我便在外祖父母的膝下承欢。

记忆中，外祖母的脸颊过于瘦削，也许因为这个原因，那双眼睛就显得过于大了，我总以为女人的眼睛应以细长为美，何况外祖母还有点儿龅牙。

所以在我眼里，外祖母算不得一个美丽的女人，但她的发乌黑油亮，在脑后盘一个发髻，总是梳得一丝不乱，整洁而端庄。

与温和的外祖父相比，她更严厉一些，不过她绝对是一个贤惠、能干的女人。

外祖母的手很灵巧，我和小姨四季的衣服，无论是连衣裙还是棉衣棉裤，都由她亲手缝制，而且做工十分精细。我和小姨总是穿得一模一样，就像一对双胞胎姐妹。

我现在还记得，外祖母给我们做过一件人造棉的连衣裙：洁白柔软的布料上印着一颗颗鲜红的小樱桃，很好看；还做过一件中式对襟衣服，是纺绸的布料，深红底色上有黑色细条纵纹，外祖母在衣服的领口和袖口都镶了极窄的黑边，衣襟上钉的不是一般的玻璃纽扣，而是黑色小巧的盘扣，穿上它，最适宜梳一条系着红头绳的麻花辫子，会显得古典俏丽。

外祖母还有时把旧衣服撕开洗干净，用糨糊粘在一块木板上，等晒干以后剪成鞋样，外祖母纳的鞋底针脚细密，再配上蓝色灯芯绒的鞋帮，就做成了秀气的扣襻鞋。

夏天，外祖母喜欢穿自己缝制的纯棉短袖中式小褂，颜色也只有两种：白色和介于浅蓝、浅灰之间的月白色，衣襟上缀着同色的盘扣，既典雅又舒适。

最让我难忘的还是外祖母的厨艺，她做的青椒炒肉丝、肉片焖扁豆、蒜烧茄子和红烧带鱼，都让整座小院香味儿四溢。

我最爱吃她做的白菜烧丸子。

副食店里绞好的肉馅颗粒比较大，外祖母从来不用，她买回几角钱的瘦精肉，在案板上细细剁碎，再配上切好的葱姜末，用淀粉、酱油、细盐、料酒调制成小丸子，下到油锅里炸得外焦里嫩，再同干红辣椒、白菜丝一起翻炒，油汪汪、香喷喷的，特别下饭。

那个年代，食用油、副食品和大米白面都是定量供应，可我不喜欢吃粗粮，外祖母就千方百计地粗粮细做。比如玉米面，她能做出很多种美味食品：用白萝卜或胡萝卜擦丝做馅，蒸成菜团子，用红糖或小枣蒸成香甜的糖窝头、小枣窝头，无论是凉吃还是切成薄片放在炉盖上烤着吃，都十分可口。她还会一种吃法：用水把玉米面调成糊状，摊在平底锅上烙成薄饼，将熟时在薄饼上放上调好的鸡蛋韭菜馅，吃的时候卷起来，鲜香味儿扑鼻。外祖母还会做"金银卷"，外面一层白面，里面裹一层金黄的玉米面或者甜豆面，好吃又好看；还有用白面和玉米面或绿豆面擀成的杂面条，捞在碗里，浇上肉末榨菜汁儿或是羊肉葱丝做成的浇汁，味道真是一绝。玉米面还有一种不能不提的做法，可能已被很多人淡忘，这种吃法一般在冬季：外祖母通常先焖上一锅又软又甜的红薯，再用温水和好玉米面，面要和得硬一些，用刀背把和好的面拍成四方形，像面包那样切成有一定厚度的片，再依次把片切成丁，把玉米丁放进一个容器——为了不让它们彼此粘连，容器里要撒一些干爽的玉米粉，轻轻摇匀。然后，铁锅里倒上油及葱姜炝锅，放入白菜、酱油翻炒，锅里续满水，水滚沸后，把玉米丁倒进锅里煮，玉米粉融化在汤里，又鲜又稠。

吃的时候，常常佐以外祖母自己腌制的咸菜——雪里蕻或芥菜丝，淋些醋和新炸好的辣椒。

尽管外面狂风怒吼、大雪纷飞，呼呼的西北风把电线吹得像哨子一样尖啸，屋檐下悬挂着成串的冰凌，仍然感到暖融融、热乎乎的。

我想，这多亏了我亲爱的外祖母，她以她的勤劳、坚忍和从容，把门外的风风雨雨遮挡在身后，就像一盏灯那样尽力燃烧自己，温暖和照亮我的童年——而她自己却永远留在阴影里，过着贫苦和黯淡的生活。

更重要的是，她的奉献并没有给我留下一个哀怨的形象，在岁月的消逝中，她逐渐把"奉献是快乐"的理念根植进我的生命深处，也正因为如此，我的童年，才美如童话，心中也没有阴影。

想想现在有的孩子，虽然物质生活远远优于当时的我，但却经常在父母的争吵中度日，小小的心灵充满恐惧和困惑……每每想到这里，我的内心就涌起对外祖母的感激之情。

外祖母还会做一种叫作"果子干"的小食品，是用鲜藕、葡萄干、杏干、柿饼和冰糖熬制而成的，味道酸甜适口、十分诱人。

我常常怀念它——在我看来，现在商店里那些我童年时从未见过的巧克力、冰淇淋和琳琅满目的各色糖果，都不及它的美好。

我曾买来做"果子干"的原料试着熬制，均以失败告终。我有些忧伤地想，可能这种美妙食品的做法已经失传了。

直到多年之后，有一次在著名作家韩静霆先生家里做客。饭后，他的夫人用一个晶莹的花瓣形玻璃器皿端来一道自制的甜食，竟是梦里寻它千百度的"果子干"，我的内心有说不出的惊喜。可是我没有说，我一直低着头，用银色的小羹匙，一小勺、一小勺慢慢地品尝，我同时品出了童年和生活酸甜的滋味儿，眼睛里似乎蒙上一层雾，渐渐变得朦胧起来。

寒暑假，我有时去父母所在的城市度假。

那时，粮食是定量供应的，小孩子十几斤，父亲是干部，定量是27斤，其中，大米、白面只占35%，主食是玉米面、燕麦和土豆。

知道我吃不惯粗粮，母亲就用以前特意省下来的白面，给我做面条、烙饼和饺子，还满心欢喜地蒸了一个团圆饼。母亲说，蒸团圆饼是有讲究的，家里有几口人就蒸几层，今年人最全了，六个人都在，所以蒸六层。母亲蒸的团圆饼非常好看，一层红糖一层白糖，最上面还撒了金丝小枣、玫瑰桂花、青瓜子仁和青红丝，母亲用刀把凉凉的团圆饼切成三角形，一块块摆放在盘子里。

那时，副食品很少，所以几乎家家粮食都不够吃。因为土质的关系，这里生长的紫皮土豆，又沙又面，无论蒸着吃煮着吃，都很可口，既能当菜又能当主食。母亲还和当地的女人学习用土豆做"淀粉"，做出来的淀粉雪白细腻。

燕麦是学名，我们都叫它莜面，颜色深灰，和面的时候要用热水，和好后有一种特殊的香气。莜面真是一种神奇的食品，无论怎么做都特别好吃：把煮熟的土豆撕去皮、搅碎，掺在莜面里烙出的薄饼，又甜又软，而不掺土豆烙出的面饼香味儿扑鼻，卷上炸酱和嫩白的小葱，风味儿独特。母亲还会用莜面、胡萝卜馅做蒸饺，吃完蒸饺，再喝一小碗香滑滚烫的莜面糊糊，真是一种极致的享受。

莜面最常吃的方法是，搓成猫耳朵或者压成丝状或者搓成薄皮卷成小卷，用旺火蒸熟拌食，而且亦荤亦素、拌什么都好吃。最通常的吃法是用酱豆腐、小葱、芝麻酱、香菜做好的调料拌食，吃剩下的蒸莜面，还可以切几刀，放上油、葱花，像炒饭一样炒着吃。我有一个莜面情结，每次回山西，都点名吃莜面。

……

暑假过完了，在回北京的头一天晚上，弟弟妹妹都已睡着。母亲用一张牛皮纸遮在灯罩四周，橘色的光亮变得更加暗淡柔和，我趴在大床上，母亲和父亲坐在小床上，和我轻声说着话。

母亲听弟弟妹妹呼吸均匀、睡得很熟了，就悄悄下地，她像变戏法一样，从桌子下面的水盆里捞出半个西瓜，说："这是从'红小铺'买来的，一直用凉水冰着，快吃吧。"母亲又在西瓜上撒了一层白糖，让我用小勺挖着吃。

那时候，我们极少能吃到西瓜，我想推醒弟弟妹妹和他们一起吃。父亲拦住了我："别叫了，以后有钱再给他们买，这是你妈特意给你买的。"听父亲一说，母亲的眼圈就红了。

我赶紧低下头用小勺挖西瓜，第一勺递给母亲，她说什么也不吃。父亲说："快吃吧，你都吃了，你妈就比什么都高兴。"

我开始专心享受这份难得的美味儿，一小勺、一小勺地吃，房间里弥漫着西瓜特有的清甜味儿。

父母亲坐在床上，不说话，一直静静地看着我吃，神情十分满足。那个晚上，柔和的灯光、桌上嘀嘀嗒嗒的钟表以及父母亲眼里的爱意，构成一种温馨的氛围，恒久地留在我的记忆中。

我也至今怀念曾为我遮风挡雨的外祖母和母亲，但却很少能梦到她们。我的耳边，似乎听到一个幽幽的声音，那声音轻得就像一声叹息。

其实，每个人的心里都有一座坟墓，他们所爱的人就静静地沉睡在那里，直到永远，直到他们的灵魂在另一个世界拥抱在一起。

上司邓楠

当时，我已经 32 岁了，还没有一间属于自己的住房，也没有一份稳定的工作，有时，望着天上的月亮和窗外的万家灯火，我依然常常陷入迷茫。

对于那一天，我没有特别的记忆，因为我并不知道，那是改变我命运的一天。大约临近中午的时候，科研所领导陪同一位陌生人来看我，陌生人身材修长、眉宇清秀，显得成熟稳重又充满朝气。

科研所领导向我介绍说，这位是国家科委政策局副局长刘小成先生。我惊异于他的年轻，他看上去只有三四十岁。从谈话中我感觉到他似乎对我的经历有所了解，他征求我的意见，问我是否愿意去国家科委工作，并许诺说如果调到国家科委，将尽快为我解决住房问题。

我感觉如在梦中，多年坎坷的经历已使我不敢轻信，但当时房子对我的诱惑太大了，而刘小成先生看上去是那么一个值得信赖的人。他的干练、坦诚以及独特的气质给我留下十分深刻的印象。

临走的时候，他同我握手道别时告诉我，他是受邓楠之托来做这件事的。

他的话对我如同石破天惊。我只知道，邓楠的父亲是位举世闻名的老人，对于我来说，他的名字如雷贯耳，但我不明白，当时身为国家科委政策局副局长的邓楠，是如何了解我的情况并决心帮助我的。

几天之后，一辆黑色小轿车停在科研所门前，接我去国家科委报到，那次，我切切实实理解了"效率"这个词。

我被安排在政策局资料室工作。每次走进国家科委办公大楼，门口持枪肃立的军人、阳光下闪亮的国徽，都给我一种神圣庄严之感。

在一次会议上，我见到了邓楠，她衣着朴素，神情亲切自然。不用人介绍，我就从她那酷似她父亲的聪慧额头和明亮眼睛上，一下认出了她。

记得那次会议的内容是研究如何更好发挥资料室的作用。邓楠就坐在我的对面，她看见我在用一张纸做记录，就隔着会议桌推过来一个新的记录本，我有些不好意思地对她笑笑，她也正微笑地看着我。我们就这样认识了，从素不相识变成上下级关系，从此我得到她许多体贴入微的关心和帮助。

调去不久，我就因怀孕出现了强烈的妊娠反应，去医院检查时，医生提醒我，系在腰间的义肢皮带可能会影响胎儿的正常发育。不久，我就被政策局特别准许休假了。

刚刚调来，就享受特殊休假，我心里十分不安。一天，我在走廊里碰见邓楠，对她讲了我的顾虑。邓楠和气地对我说，要以孩子为重，别想太多，还告诉我：也不用担心休假影响收入，这一点他们会考虑的。于是，大约在怀孕四个月时我就休假了，直到孩子出生后，又休了半年产假。在这期间，我每月的工资都有人准时送到家里，逢年过节也都有经济补助。

在怀孕后期，半个月去医院做一次例行检查，产期临近时，每星期去一次医院。

我确实不曾开口要求过特殊照顾，但是每次去医院，政策局都派车送我，记得有两次，是邓楠的专车和司机送我去医院的，原来政策局车务繁忙、派不出车，邓楠又担心我乘坐公共汽车不安全，就把她的专车让给了我。女儿出生后，我们就住在爱人单位的集体宿舍里，非常不方便。那天，他气喘吁吁地跑回来，告诉我，他刚接到电话，政策局分我一套两居室住房，就在国家科委的后面。

在33岁这一年，我终于有了一个真正意义上的家。

冷静下来之后我才想到，我是根本没有资格分到这套房子的。后来，资料室有个女孩才告诉我，这套房子原本是分给她准备结婚用的，但恰在那时，她的未婚夫有了一个长期出国的机会，他们因此推迟了婚期，她准备这段时间先住在母亲家里。邓楠听说后，就动员她先把房子让给我住。

当时我一句话也说不出来，敏感脆弱的我有一种想流泪的感觉。有好几次在走廊碰到邓楠，都很想对她说一句谢谢，然而，终于没有说出，我隐隐知道"大恩不言谢"的道理，邓楠给予我的帮助，对于我有着特殊的意义：从本质上说，那是一颗善良、真诚的心灵对于一颗脆弱心灵的拯救，对此，任何形式的感谢都是微不足道的。

五一前夕，政策局全体工作人员要去老局长家里聚餐，这是政策局历来的传统，但那次我以身体不好为托词没有参加，因为我觉得那种热烈欢快的气氛并不适宜我。

第二天上班才知道，邓楠让两位男士开车去家里接我，正巧我不在，邓楠又嘱咐他们把各样食品挑选出来留给我。

默默接过那一大袋食品，一种被呵护和被关爱的感觉，温柔地哽在我的喉间，我知道，邓楠始终在关注我，希望我像政策局其他女孩一样快乐。可我做不到，当我和健康、完美、快乐不期而遇的时候，只有我自己知道，我的内心是多么的疼痛。

巨大深刻的遗憾，如万古之愁，无计可消，它化作纷繁忧伤的色彩，重重涂抹在我的生命里。

很快，国庆节又到了，政策局要和几个部门联合举办一个大型舞会。跳舞已与我今生无缘，我一心只想逃避。邓楠似乎猜出我的心思，特意嘱咐我不要请假，过一会儿又不放心地走回来，叮嘱资料室的一个女孩，让她陪我坐邓楠的专车去会场。

刚走下汽车，就有乐曲声潮水一样扑面而来，这乐声于我已是久违的了，心里又隐隐地疼痛起来。

大厅里灯火辉煌、笑语喧哗，彩绸、鲜花和悬挂的朱红色宫形灯笼，将节日的气氛渲染得浓浓的。而那轻柔如水的音乐、色彩迷离的灯光，都像是来自另一个世界，亦真亦幻，相近又遥远，如一幅巨大的背景，将我个人的不幸衬托得无比醒目。

我静静地坐在一个角落里，尽量不引人注意。这时，有个文雅的高个男孩走过来，很有礼貌地邀我跳舞，我摇摇头说我不能跳，男孩的脸红了，有些不知所措地站在那里。

"对不起"，我说，眼里有泪水漫上来。泪眼朦胧中，我看见了邓楠，她一边和她的先生跳舞一边向我这边张望。一曲终了时，邓楠的先生走到我身边，我猜想一定是邓楠示意他来关照我的，一丝温暖涌上心头，我知道自己并没有被遗忘，即使在这种时候。

邓楠的先生文质彬彬，十分温和儒雅。他没有邀我跳舞，自己也没有再跳，就那么从始至终一直陪着我说话。

至今，我已记不清我们都说了什么，只记得都是一些很轻松随意的话题，他以那种静静说话的方式、那种自然平和的关注，淡化了我无法与人共舞的孤独和忧伤。

抬起头来，我看见邓楠关切的目光。我突然明白了邓楠的苦苦用心，也突然明白了自己不快乐的真正原因：我一直对命运强行夺走的那一部分耿耿于怀——自从被轧伤之后，我就拒绝参加一切形式的聚会，也不聆听音乐，我害怕一切快乐的音响闯进来，打破我内心的平静。其实，这并不是真正意义上的自我战胜：我曾经凭借单纯和青春的傲气，向命运宣战，处处与它为敌，顽强而痛苦地抗拒命运的独断专行。此刻，我终于意识到，只有坦然接受并且真正拥抱我独一无二的命运，我才能获得真正意义上的心灵自由。

这个发现对于我如此重要，我看到了自己的一个盲点，是它妨碍了我欣赏和享受美丽人生——是的，我已在个人的不幸中迷失了太久停留了太久也耽搁了太久，正因为我对失去的永不释怀，所以忽略了我其实已得到很多。内心的忏悔和觉醒，终于引领我走出那片巨大的阴影。

感谢上司邓楠，如果不是她的坚持，我可能永远不会有勇气涉足这样的场所，这一步对于我是如此的艰难、如此的重要！那一刻，仿佛有一线阳光照彻我的心底，我甚至隐隐听到心里那扇门缓缓开启时的声音，沉重而又决然。

后来，我调离了国家科委，离开的时候，没能见到邓楠，以后也没有机会再见到她。但是，她在我落难之时给予我的竭尽全力的帮助令我难忘，我从她那里深刻感受到人性的温暖，并借此重建了对于这个世界的信任。邓楠对自己所做的一切毫不张扬，从未让我产生过一丝"受人恩惠"的感觉，这一点尤其令我感动，对于我健康心理和健康人格的形成也尤为重要。

多少年过去了，我又经历了很多，只是，不再忧郁、不再为一己的悲伤而悲伤。无论顺境还是逆境，无论生与死，我坚守心的纯洁，并努力活出自己的光彩。

这也是我回报爱的方式。

第五辑

我的乌兰布和

终于，在蒙蒙的暮色中，列车停靠在巴彦高勒站，我们争先恐后地跳下火车，站在这片陌生的沙漠上，头有些发晕，仿佛还坐在摇摇晃晃的车厢里。

我们被分配到兵团一师三团，有卡车来接我们，见惯大都市的热闹和喧嚣，难以想象世界上还有这样人迹罕至的地方。

举目四望，满眼都是苍黄的沙砾，一望无际、无边无涯。

我很喜欢沙漠的颜色，很雅致。沙漠色，一直是我后来最喜欢的颜色。

天黑时，我们才到达连队，营房，紧靠着一条黄色土路，路边有眼窑洞，炊事班在为我们准备开水。窑洞里点着煤油灯，从城市明亮的灯光里走出来，很不习惯这里的黑暗。

炊事班长从一口很大的铁锅里为我们舀来烧好的开水，那水用辘轳刚打上来时，像黄泥汤一样浑浊，沉淀半天才能喝，微咸苦涩。

行李也运来了，就堆在炊事班前面的空地上。

空地四周聚集了许多当地的老乡，男人女人和孩子的脸色都很粗糙，衣服也分不出原来的颜色。

我们打着手电筒，借着昏黄的光亮寻找自己的行李。突然，一个女孩子在黑暗中摸到又软又凉的蛇身，吓得尖叫起来，我们立刻四散逃开，引起周围一片善意和不太善意的哄笑。

我看见有个当地的男人，用树枝挑起那条小花蛇，炫耀似的放进一个敞口的玻璃瓶里，他说，这是一条毒蛇，用来泡酒可以治疗关节炎。

我们惊魂未定，被领到后面的一眼窑洞里，这眼窑洞在一座土坡上，四周空空荡荡的。

窑洞里面什么都没有，就直接把凉席和被子铺在潮湿的地上，窑洞也没有门，挂着草帘子，怕蛇和老鼠钻进来，我们搬来土块儿压住帘子，吹灭煤油灯，四周漆黑一团，我们紧紧靠在一起躺在被子里。

尽管有了思想准备，这里的艰苦程度仍然大出所料。记得，在兵团的第一顿早餐，是一人两个拳头大小的红薯面窝头，又黑又硬，还有一小碟黑咸菜条和一盆飘满腻虫的菜汤，真正的清汤寡水，连半点儿油星都看不到。

我们谁也吃不下，都退还给了炊事班。

晚上，我们在油灯下写日记，一个个熏得跟小鬼似的。早晨起床，迎着通红的太阳，在窑洞前的空地上洒上井水，又抢着用一把竹扫扫地，新鲜的竹扫印儿和水迹，使这片土黄色的空地平添了一种农家小院似的亲切感。

在北京时，我对色彩并没有特别感受，常常对路边的树木视而不见，从来没觉得它们多么宝贵和不可缺少。可现在，脚踩沙丘，真希望能发现一片叶子或是一棵小草。

这里，满目黄沙，一眼望不到尽头，只有红柳和一丛丛的沙地荆棘，以红色显示着顽强的生命力。所能见到的动物只有蛇、刺猬和傍晚时像雾一样团团飞舞的毒蚊子，它们的个头特别小，但非常厉害，专往耳朵眼里钻，咬得人痛痒难忍。

我们正值青春，成长需要充足的营养，但这里的生活实在太艰苦了。有的男生就把捉住的小刺猬用泥糊起来，扔到灶膛里烤，小刺猬"吱吱"叫着，不一会儿，油也烤出来了，滴在火焰里"滋滋"地响。从火塘里取出来时，糊在外面的湿泥变成硬壳，磕掉硬壳，撕开小刺猬的身体，立刻随着热气溢出一股奇异的香味儿。

那时，最盼望的就是家信了，那是我们和城市生活的唯一联系，通过这种联系，我们与过去割舍不开。

傍晚，连部的小通讯员一从团部拿信回来，我们就蜂拥而上，把他团团围住。收到信的同学，高兴地尖叫起来，立刻挤出人群，三下两下撕开信封，迫不及待地读起来。没有接到信的男生，还能掩饰自己的心情，而女孩子就忍不住满脸失落，有的甚至当众哭起来。

刚去不久，就传达了一个文件：兵团战士的探亲假由原来的一年一次改为三年一次。在我们年轻的盼望里，一年已是漫长等待，三年更是遥遥无期了。解散之后，好多女生都哭了。

尽管炊事班已经得到连里通知，特意将晚饭做得比平时要好，但饭堂里仍然空空落落的，有的女生班集体都没有去打饭。有的把饭打回班里，饭盆在桌上冒着热气，直到变得冰凉，也没有人动筷子。

大家都默默地给家里写信告知这个消息。

生活关、感情关，是我们首先必须通过的，这可能还不是最难的，因为我们过的是集体生活，大家同吃同住同劳动，独处的机会很少。

而且，我们毕竟太年轻了，每天有很多事情、很多新鲜的感受吸引我们、分散我们的注意力——有时，在营房前面的小树林里发现几朵肥大的白蘑菇，也能让我们快乐一整天。

偶尔吃饺子，更像过年一样热闹：以班为单位，去炊事班领回面粉和菜馅，赶在前面的还能跟炊事班借到擀面棍，借不到又性急的就用茶缸子擀饺子皮，包好饺子，就都拿到炊事班的大锅里煮。

饺子的香气跟米醋的酸味儿混合在一起，散发出一种特别诱人的味道，围坐在简陋的饭桌旁，又说又笑，真的像一个大家庭。

那时，已经发了白衬衣、单军装和棉军装、军帽、单鞋、棉鞋、军用书包、军用水壶，一式雪白的床单、白毛巾、绿军被，每月还有 6 元津贴。

我们有时步行几里地，到团部小卖部买卫生纸和牙膏，其余的钱都存起来，存够 10 元就给家里寄去。总之，和真正的军人相比，我们只缺少鲜红的帽徽和领章了。首长说，一打仗就立刻发给你们。

除了白天劳动，还要准备应付夜晚的紧急集合，仿佛边境随时都会燃起战火。

连长告诉我们，战争很可能是突发的，也许就发生在深夜，历史上一些著名战役都是如此。他说，紧急集合号一吹响，你们就必须在三分钟之内打好背包，否则就有掉队的危险。而且，背包要摸黑打，因为那时线路很可能已被炸毁，即使没被炸毁，也不能开灯暴露目标，那会引来敌人密集炮火的袭击。（那时，我们连刚刚通上电）

劳动之余，我们跪在土炕上，一遍遍地练习打背包，往往是我费尽吃奶的力气打好背包，三颠两颠就散了。班长说："这样不行，速度也太慢，你是想掉队落在敌人堆儿里是吧？"

说心里话，这正是我最害怕的，和自己人在一起我可以很勇敢，但我一想到周围都是敌人就头皮发麻，所以我历来景仰那些孤胆英雄。

也许，恐惧是人内心最大的动力吧，我练习得很刻苦，还用白毛巾蒙住眼睛练，终于能在要求的时间内打好结实的背包了。

那天半夜，一阵急促的集合号声将我们从睡梦中惊醒，大家立刻慌作一团，有的人找不到背包带，也有的人找不到鞋了。

其实，平常这些东西都放在固定的地方：背包带在枕头底下，鞋子就整齐地依次码放在土炕前。

因为紧张，我的手直发抖，怎么也伸不进袖子，慌乱中，我拉了一下灯绳，灯亮了，大家都被晃得睁不开眼。

外面连长一声断喝："是谁开的灯？"吓得我赶紧拉灭了灯。

这时，已经有人跑出去集合了，各班班长在压低嗓音整队报数。漆黑的营房前，黑压压地站满了全连的人，鸦雀无声。

连长手里拿着一只夜光表在计算各排的集合时间，他简短地说，今夜哨兵发现敌情，我们必须兵分三路在指定时间到达敌人的后方包抄过去。

他又对两个男生排排长和我们女生排长下达了命令。女排长是包头市下放的女知青，身体强壮，很严肃，她同样压低声音道："跟紧我，不许掉队，不许出声。"

黑暗里，立刻响起一片不太整齐的脚步声和水壶的撞击声。

也不知跑了多远，大家喘息着，腿像灌了铅一样沉重，这时传过话来："前面是独木桥，小心，往后传。"

说是桥，其实只是一棵很粗大的树干，横跨在一条一人多深的河沟上，河床里面差不多是干涸的，我们胆战心惊、亦步亦趋地挪了过去。

天亮前，队伍陆陆续续回到营区。

借着微露的曙光，我们看到彼此的狼狈相：有的女生小辫跑散了，有的扣错了衣扣，还有的穿错了别人的鞋，我的裤子前后穿反了。很多人的背包松松垮垮的，很像一群俘虏兵。

队伍里发出低声的窃笑。

连长讲话说，这次只是一次普通的军事演习。他表扬了大家勇敢和镇定精神，又特别指出一些存在问题，比如，有人擅自开灯，这就等于给敌人发信号，暴露我方的目标。我很为自己的行为沮丧，幸好连里没有追究。

在兵团，我什么活儿都干过，最轻松最有诗意的活儿是刨花生，最苦最累的活儿是脱坯、挖水渠和挑沙。

脱坯的时候，我们光着脚踩在和好的冰冷的泥水里，又抱着沉重的坯模来回奔跑，累得腰都要断了，衣服和脸上溅满了泥点，头发被泥和汗水一绺绺地贴在额头上。

挖水渠一般是在冬季，厚厚的沙土下面是红色的黏土，站在一人多深的水渠里往外面甩黏土，真是一件苦差事。这些黏土沉甸甸地粘在铁锹上，很不容易甩掉，一天里，千百次地挥舞铁锹，手臂酸痛难忍。

水渠里又湿又冷，寒气和湿气很快就穿透了鞋帮，双脚也很快就冻僵了。

挑沙的场面更是壮观。

内蒙古的冬天异常寒冷，呼啸的狂风吹得黄沙漫天飞舞，沙砾打在脸上生疼生疼的，头发、衣领和嘴里都满是沙子，说话时，牙齿间都咯吱咯吱地响。

开始，女生负责往筐里铲沙子，男生挑沙子。在女生惊叹的目光里，他们干得热火朝天，后来又甩掉棉衣，在那样寒冷的天气里只穿一件白衬衣干活。有男生前后扁担上挑六个筐，把扁担都压折了。

受了他们的感染，女生也纷纷甩掉厚重的棉军衣，加入到挑沙的行列里。

白天，我们激情满怀，尽情挥洒青春的风采和力量，夜晚降临时，才感觉浑身的关节像散了架一样。躺在土炕上，连翻身都觉得很困难，肩膀上压出鲜红的血印，肿得像馒头那么高，用手一摸滚烫滚烫的。

尽管我们在这片大漠上倾注了很多的劳动热情，洒满了汗水，但是，荒瘠的大漠回报的东西却十分有限。

这里距北京有上千里之远，运输的成本太高，无法满足兵团庞大群体的需求，我们又都正是长身体的时候，体力消耗极大。尤其冬天，如果没有足够的肉类提供脂肪和热量，根本无法抵御零下几十度的严寒。

炊事班的工作成了检验连队工作好坏的重要指标，因为它关系到连队的战斗力和减员问题。为此，各连队的炊事班长们都千方百计地改善连队的伙食。实际上，兵团战士几乎什么肉都吃过——马肉、驴肉、狗肉，还有男生吃过蛇肉和刺猬肉。

一个周日的清晨，营房后面的猪圈里传出猪群集体的惨叫声，仿佛世界末日来临了一样。

我们都跑去看，见炊事班的几个男生拿着绳索，在猪圈里追逐着一只大肥猪。大肥猪顽强反抗，把一个在前面拦截它的男生拱了个仰面朝天，站在圈外的女生扬起一阵清脆的笑声。

那个男生十分狼狈，气喘吁吁、咬牙切齿地从地上爬起来，几个人合力，终于把大肥猪撂倒，捆得结结实实，用一根粗扁担抬到前面来。

这只猪一直声嘶力竭地"嗷嗷"叫着，叫声里充满恐惧和绝望，一把雪亮的尖刀捅进它的脖子，黑红的血冒着热气和泡沫，从伤口处咕嘟咕嘟地流进事先放好的铝盆里。

四周散发着血的腥气，一摊摊溅落在地上的血，立刻渗进干燥的沙地里，只留下黑红色的痕迹，证明屠杀曾在这里发生过。

中午，饭堂里热闹非凡，各班都兴致勃勃地打回一饭盆猪肉炖粉条，香喷喷的。我刚吃了一口，就联想到肮脏的猪圈和热血的腥味儿，胃里，立刻翻江倒海一般，我赶紧跑出饭堂。

那一次，我吐了，从此，不再吃肉，只吃素菜。

沙漠上的气候变化无常，刚刚还是晴空万里，转瞬间，就乌云密布，黑得像锅底一样，雷声大作，头顶似有千军万马奔驰而过，紧接着如注的雨水狂暴地倾泻下来。

我从来没有见过这么大的雨，用"倾盆大雨"都不足以形容那场雨的气势，就真的像有人站在天上，整桶、整桶地往下倒水，我甚至怀疑是不是银河决了堤，将要淹没整个世界。

天地间所有的声音，都淹没在轰隆隆的雷声和哗哗的雨声里了。

我们都想到晾晒在场上的粮食，男生排，有人掀了炕席盖粮垛，接着，女生也都飞奔回宿舍，毫不犹豫地揭开炕席和棉被，一起盖住场上的粮食，但是，风狂雨骤，一次次将棉被和炕席卷起来。

迟疑了一下，我和几个女孩不约而同地张开双臂扑上去，用我们18岁青春的身体覆盖粮垛。

暴雨像一条条无情的鞭子，猛烈抽打着我们，湿透的衣服冰凉地贴在身上，冻得牙齿得得地打战，浑身瑟瑟发抖。

那一刻，我被我们自己感动了。在这远离城市、远离亲人的大沙漠上，除了青春我们几乎一无所有。青春，我们将它奉献给了这片陌生和贫瘠的土地。

如今，时光水一样流去，"知识青年"已成为一个锈迹斑斑的名词，上山下乡运动也成为一段任人评说的历史，当年的热血青年都已不再年轻。

但是，没有人能够真正忘记，因为那段岁月，是同我们最美丽的年华连在一起的。

也正是因为上山下乡运动，我才遭遇了这一生中最大的劫难，这一变故彻底更改了我的人生轨迹，它所带来的痛苦和遗憾将终极贯穿我的整个生命。

我曾经说过"我至今不悔"，那是我年轻时的任性和骄傲。现在，我已经有勇气正视自己的心灵。

我想，不让错误的历史重演，不让时光倒退，这正是我们的责任和使命，也是我们承担苦难的价值所在。

圣水沟之殇

民弟到圣水沟插队，已经三年多了，圣水沟是一个无比荒凉、贫瘠的小山村。日复一日，在繁重的体力劳动中，他消耗着自己的青春和热情。他知道自己与别人不同——他需要付出更艰苦的努力，才能被承认是"可以教育好的子女"，也才有前途。

那一年，大队有10多名知识青年被抽调到铁路工作，那意味着永远离开了农村，有了一个在那个年代十分金贵的"铁饭碗"。

民弟心急如焚——自己的那个家比许多家庭都更困难，也更需要自己。晚上睡不着觉的时候，他常常想起体弱多病的母亲，为自己不能守在母亲的床前尽到儿子的责任而惭愧。

被抽调知青首要条件是必须出身好，出身好的知青家长又大都握有实权，具备送礼和疏通关系的能量，因此，可以保证自己的子女名正言顺地离开农村。

当第一批知青乘车扬长而去的时候，他迷失在汽车扬起的滚滚尘土中。那黄河一样颜色的尘土遮天蔽日，先迷了他的眼，又堵塞了他的喉咙，让他感到窒息和难受。只有更拼命地透支体力，让自己像头牲口那样累得半死不活，然后倒头睡过去。

他只企望，那些决定他命运的村干部们，能够看在他沉默寡言、埋头苦干的分上，给他一个机会，如果以后还有回城的名额。

就算最后一个离开也没关系，只要能离开。他想。

民弟拼命地干活、谨慎做人，不敢得罪村干部。然而，机会并没有因此青睐他，倒有一件任何人都不希望撞见的事被他撞见了。

那天，他去大队部找村干部请示工作。他完全没有想到，有个村干部用回城为钓饵，正在胁迫一个女知青"献身"。

女孩子的泪眼和那个村干部的丑态，让民弟愤怒地拍案而起。

单纯正直、嫉恶如仇的他，完全忘记了眼前这个专横跋扈的村干部也掌管着自己的命运。

村干部恨透了这个不知天高地厚、竟敢与他作对的男孩。

数九寒天，下粪池刨冰冻的粪便，上山砸石头、运石头，他总是把最苦、最累的活儿分配给民弟，他要杀一杀民弟的锐气，他就不信制服不了这个刚刚20岁出头的孩子。

总有一天，这个孩子会向他服软，会有求于他，会知道"太岁爷头上动土"是什么样的下场？

倔强的民弟不肯低头，不服输也不求饶，让那个村干部恨得牙根发痒。上山搬运石头，他分给民弟的那堆石头最多，还限令他在规定的时间内运完。民弟饿着肚子，咬着牙，一鼓作气干完了，只觉得胸口疼痛难忍，喉咙发热，一口殷红的血喷了出来。

自从那次累得吐血之后，民弟总觉得胸口隐隐地疼痛。

……

这天，父亲正在学校给全体教师开会，民弟骑着一辆破自行车从村里赶到学校。父亲见他的棉衣都被汗水湿透了，而且神色慌张，不知道出了什么事？

他心疼地要给儿子擦汗，民弟挡住父亲的手，自己抹了一把额头上的汗水，脸色苍白、气喘吁吁地说："爸，村里的小汽车都满了……"

"发生了什么事？慢慢说。"父亲让他先喝口水。

"最后一批抽调知青回铁路，我可能没有希望了。"说完这句话，他的大眼睛里盈满了泪水。

原来，当民弟知道抽调知青的消息后已经很晚了，很多有权势的家长已经蜂拥而至，铺展开各种关系和手段。

民弟急忙去找那个村干部，他具体负责抽调知青的工作。

他似乎正在等民弟来找他，就咬牙切齿、一字一句地说："你就在这儿受吧，只要我在这里当干部一天，你就别想走，知青都走光了也轮不上你。"

民弟握紧拳头，同样一字一句清晰地说："我就是不走，也要把你告下来。"

民弟写了揭发信送到公社，一个星期后，这个村干部中的败类被撤职。

……

父亲连忙请了假，骑车随民弟赶回到村里，挨个找书记、主任、村长，诉说家里的特殊情况，恳求他们把孩子放回去。

因为这是最后的机会了，名额十分有限，父亲又和民弟走夜路，去古店找相关的人说明情况。

夜里四点钟，寒气袭人，父亲就披着棉大衣守在大队书记的家门口。天亮时，书记走出来时吓了一跳说："再等等，一会儿就开会。村干部要根据知青的劳动态度和表现举手表决。村里通过了，还要在乡党委会上研究通过。"

父亲就一直坐在门外等消息，一支接一支地吸烟，当地上堆满了烟头的时候，父亲听见了开门的响声。

团委书记走出来对父亲说："小民第一个通过了，您放心吧，一会儿就去体检。"

体检的地点指定在铁路医院。

父亲知道民弟吐过血，唯恐他过不了体检的关口，又急忙下山赶到铁路医院，挨科室地找医生，求他们千万别卡自己的儿子。

民弟就想开火车。他被分配到机务段，先从蒸汽机车的司炉做起。这是一个苦力活儿。

在线路上跑一个来回，司炉要根据车速、路段、上坡下坡、进站和出站等因素，往那个巨大锅炉里一锹锹铲煤，往返需要消耗十几吨煤。要重复抡锹几十万次甚至上百万次，又脏又苦，就像刚从煤窑里爬出来的，浑身上下就只有白眼仁是白的，连耳朵眼里、眉毛、头发里、嘴里、牙齿上都是乌黑的煤屑，吐口唾沫都是黑的。因为抡锹，他的手臂红肿发烫，吃饭连双筷子都拿不动，手哆嗦着无法把饭菜送到嘴边。

夏天，车头里闷热无比，一打开炉门，灼热的火苗轰轰地响，似乎能在最短的时间里，把人身体里的血液、水分都吸干、烤焦。冬天更受罪，前胸有炉火烤，背后却冷风嗖嗖，披着冰一样难受。一个身体，要同时经受两个最严酷季节的煎熬。

由司炉升为副司机、司机，要熟悉所跑路线的几百公里甚至上千公里的路况信息，知道哪里有坡度、哪里需要减速、哪里是事故高发区，还要具备很强的应变能力，如行人跨在铁道上或孩子在铁轨上追逐奔跑等突发状况，并对此采取应急反应和措施。还需要考驾驶证，需要记住和熟悉繁杂的铁路规章制度、路规，要懂得有关机车的制造原理、电路图纸等相关知识。电力机车和内燃机车更复杂高深，有些原理需要有数学、物理、电力的知识基础，他没有这个基础，就靠死记硬背，走路吃饭干活儿甚至做梦也背。深夜，为了不影响家人休息也为了防困，他到楼顶平台上去背，再结合实际操作和经验逐步理解和掌握。

就凭这种刻苦努力和锲而不舍的精神，他考下了蒸汽机车司机、电力机车司机和内燃机车司机三个驾驶资格证。

有一年铁路蒸汽机车节，很多外国人都来参观，民弟和他的车都披红挂彩，在铁路闭路电视中循环展播。

民弟在日记的扉页上画了一列火车，火车喷云吐雾、很有气势，车头的正面写着鲜红的车号：前进333。

黄山绝恋

认识你很早了。

那次去国家科委看望朋友，朋友是位青年学者，向我介绍了同一办公室的你。

你与我年龄相仿，像许多高干子弟一样，留寸头，穿一件洗得发白的旧军装。你微笑着站起身，绕过几张桌子上前同我握手，随随便便的神态中，透出一种说不出的矜持。

不久，我调入国家科委编辑一份内部刊物，在那里再次听到你的名字，才知道在我为工作四处奔波的两年间，你一直在美国进修，并将于近期回国，出任我们这个编辑部的副主任。

走马上任的那一天，同事们团团围住你。站在一边的我惊异于你的变化：你英气勃勃的脸上平添了一副金丝眼镜，寸头也变成满头浓密卷曲的黑发，衬衣雪白，领带卡闪闪发亮，举手投足间，流露出留美学生的气质和优越感。

你竟认出默默无语的我，分开众人走过来和我握手，很高兴地说：

"咱们又见面了，可见世界并不大。"

你朗朗的笑声极富感染力，大家都笑了，你似乎带来无限生机。

作为我的上司，你曾努力把美国人的处世方法引入我们的工作环境。但是，也许美国人的性格、方式不适合中国人，也许你的坦诚、直率总让人疑为自负……总之，你的行为常常显得与周围环境不太和谐，我终不知道是什么原因，只觉得你越来越沉默。

不过，你的工作热情是无懈可击的——你担任编辑部副主任、党委委员、团委书记、课题组组长——身兼数职、充满活力，仿佛永不知疲倦。

只有一次，我推门走进你的办公室请示工作，见你独自坐在办公桌前，面带倦色，好像心事很重的样子。

看见我，你笑了，收回飘远的思绪，非常开心地说："浪漫的女诗人，来，告诉我，我妻子过生日，我该选择什么礼物送给她？"

凭女性敏锐的直觉我看出，你的笑声其实是在掩饰什么。

那一次，我们说了很多话。

在谈到你的女儿时，你孩子气的笑容让我感动。那一刻，你只是一个快乐而骄傲的父亲。

那是我唯一一次看见你工作之外的内心世界，我感觉到，你是一个自尊心十分强、内心又充满温情的男人。

那是在夏天，窗外阳光灿烂，柳树枝上蝉鸣如雨。

又一个夏天来临了，你没有过完这个夏天。

那天，你买好去黄山度假的飞机票，临行，对编辑部主任说："把我办公桌的钥匙给你，必要时可以打开我的抽屉。"

没有人在意和想到什么，你的神情是那么明快。又谈了一会儿集邮的事，就一阵风似的走了。

几天后的一个黄昏，编辑部主任收到你的信，台灯下徐徐展开，不由得吓出一身冷汗，上面赫然写道："你读信的时候，我已经不在这个世界上了。"部主任赶紧回到办公室，用你留下的钥匙打开你的抽屉，里面整整齐齐放着编好的文稿和译稿。

几乎与此同时，你的妻子也收到你的一封信连同你没有用完的200元钱，信上同样没有做任何解释，只嘱咐女儿好好读书。

你的妻子似乎没有过于悲哀和震惊，可是你的女儿哭得好伤心。女儿说，你走之前带她看了一场电影，又亲自把她送到学校。女儿说，你是天底下最好的爸爸。

10岁女孩的哭诉，让所有在场的人为之心碎。

编辑部派人去了黄山。

黄山脚下有一个小邮局，安静而又整洁，你的信件和汇款单就是从这里发出的，你是以怎样的心情做那些断肠的事情呢？

没有人知道。

邮局窗口像两只眼睛，默默注视进进出出的人，但它无语。

山顶，有一座庙宇改建成的旅店，有个女服务员记起了你，说你上山时天已经黑了，铺位已满，你说只住一夜，只需要一小块地方，然后就默默和衣躺下了。

因为别人都在抱怨住宿条件不好而你无怨，女服务员因此记住了你，说，天亮时你已不知去向。

编辑部出钱请山民下崖寻找，被他们拒绝了。

……

以后，就有了关于你婚姻的种种传闻，再以后，这些猜测、议论、惋惜又渐渐消逝。

生活如平静的河水，沿亘古不变的河道缓缓向前流去。

一次，我夜半惊醒，见闪电将窗外晃得雪亮，树枝黑黝黝的影子，张牙舞爪般在窗子上乱撞，雷声隐隐，如千万架战车急驰而过，紧接着，隆隆的雷声，就像压抑不住的痛苦似的炸响了。这自然界的喧嚣，让人心惊肉跳。

猛然就想起了你。你的内心，一定也有过如此猛烈、如此撼人的喧嚣吧？

但是，你没有让任何人听到一点儿声息……你用强力将它们全部压在心底，使你的心因此变成一座炼狱。

我仿佛看见你孤独地、久久徘徊在悬崖边：脚下是令人目眩的万丈深渊，头顶，是海一样深蓝的夜空，空中闪亮着盏盏星光。

终于，你抬起头，我不知道你眼中是否有泪？你的脸始终罩在一朵云雾之中……你笔直地站在崖边，深深吸了一口清冽的空气，用颤抖的声音呼唤女儿的名字纵身跳了下去。

我相信，最后时刻你一定喊了女儿的名字。

几年过去了，你毫无音讯。

也许，你真的死了，只是我至今不忍探究：让一个风华正茂的中年男人绝望的痛苦，会是怎样一种痛苦？

也许那痛苦，因为无法启齿无人可诉，才变得更加难以承受？也许，你憎恶虚伪而渴望真诚，所以才毅然抛弃了虚伪的生活，只是你竟抛弃得如此彻底，以至于抛弃了世间的一切。

我多么想给你讲一个禅的故事：

有个人走在一条小路上，他突然发现在那条小路的尽头蹲伏着一只斑斓猛虎，他慌忙回过头去，看见来路上同样蹲伏着一只，而这条路的两侧，一边是湍急的河水，另一边是陡峭的悬崖，悬崖边上，垂挂着一条粗壮的青藤，情急之下，他抓住青藤攀缘而上。

就在快要攀上顶端时，他才发现：崖顶上蹲伏着猛虎，青藤的下端也蹲伏着一只。它们虎视眈眈、垂涎欲滴，堵住了他上下左右所有生还的路。

此时，他又绝望地发现，一只小老鼠，正不紧不慢啃咬着那根青藤。就在这时，他又看见有一颗红色浆果离他近在咫尺，他伸手摘下那颗鲜红的果子放进嘴里。

我相信这个故事一定隐喻了什么，也一定包含了大智大慧，但一直不懂。

后来我突然了悟：那四只猛虎和即将被啃断的青藤，暗示死亡——人生必须面临的那个永恒的困境和绝境，那颗诱人的小红果子，则代表人生的美好和享受。

那个人在生命坠落之前的从容和坦然，是智者的选择。

人终有一死、无法逃避，但并不意味着自我放弃和主动放弃生命的美好。

有时候，咬紧牙关坚持一下，或许就会峰回路转。

两封家书

我从 18 岁时起就一人漂泊在外，有时，我是那么渴望温馨的亲情。父亲的每封来信，我都一读再读，连标点符号都不放过，也深深体会到古人所说的"家书抵万金"是怎样一种心境。

这是母亲去世后我第一次回家。

清晨六点钟火车进站时，我一眼就看见父亲、继母、大弟弟全家、小弟弟全家、小妹妹全家，迎风立于站台上，他们的眼睛在一扇扇车窗后面急切地寻找，父亲看见我，眼圈就红了。

继母告诉我，父亲激动得几乎彻夜未眠，弟弟妹妹们也失眠了。然后，弟弟妹妹一人推出一辆自行车，争着抢着让我坐上去，车铃丁零零响得清脆。

我的心情很复杂，既有久别重逢的喜悦，又有昨日不再的感伤——以前我每次回家探亲，母亲都是最激动的人：她不顾自己重病在身，总要把家里的卫生彻底打扫一遍，又把床单和被子拆洗干净，再连夜包好饺子，只等天亮，父亲和弟弟妹妹去车站把我接回家。

母亲就坐在靠窗户的床上，眼巴巴地望着，我只要一拐过楼角，她就能看见我。

有一次，我探亲前母亲累病了住进医院。我坐夜车，火车在早晨四点多钟到站，我不肯回家，执意先去医院看望母亲。

天上，一轮冷月散发着微弱的光芒。医院里静悄悄的，住院大楼一片漆黑。在无边的黑暗中，只有一扇窗口透出朦胧的光亮。弟弟告诉我，那就是母亲的病房，她一定在等你。

轻轻推开门，见母亲正倚在床头，灯影里的母亲显得格外瘦弱、憔悴，看见我她就哭了。

12天探亲假，是我陪母亲在医院里度过的。

……

拐过楼角，我习惯地抬起头，想到再也没有母亲为我彻夜守候，心痛难当，眼泪夺眶而出。

我渐渐了解到母亲去世后家里的一系列变故。

没有母亲的家，已经不像个家了：蒙尘的家具、冰冷的锅灶，都有说不出的冷清和凄凉，父亲换洗下来的被单、衣服，塞满了床底下。

玲玲只有17岁，格外单纯，同时在苦难中长大的她，顽强张扬自己的美丽，她的彩色照片，曾经被城里最有名的照相馆放大摆放在玻璃橱窗里，她11岁时，就因为形象好、唱歌好而考上了一所戏曲学校。

有一次，她骑自行车和别人相撞，左臂骨折打上了石膏。和她相撞的那个人有心脏病，几天后在医院里去世。

由于过度惊吓和刺激，玲玲突然失语……

小毛三在工地上受了工伤，因为没有得到及时治疗，手指都烂得露出了骨头，医生说，如果得了骨髓炎就得锯掉了。

父亲为了挣钱还清母亲治病欠下的账，办饭店、开煤厂，四处奔波，他不愿意回到家里来，这个家处处留下母亲的痕迹，她处处不在又无处不在。

父亲也曾苦苦挣扎，学书法、学中医，还请一位书画家，画了一棵傲视霜雪的劲松挂在卧室里，以此来激励自己。

但这一切，都无法转移他对母亲的思念，父亲有时会借酒浇愁，也许在酒精的麻醉里，才能暂时忘记痛苦。

每一次人生风雨中，母亲都挺起柔弱的肩膀和父亲站在一起。三年困难时期，很多家庭都用小秤分配食物，母亲从来不用。那时，父亲中午在学校入伙，总勒紧腰带省下一口干粮带回家，母亲掀开锅盖，给他留着两个蒸土豆或者一张薄薄的莜面饼。

……

望着墙上镜框里母亲忧伤的眼睛，我轻轻说：妈妈，你离开之后，苦难还在继续。

真的愿意独自承担所有的痛苦，真愿意像高尔基笔下的丹柯那样，把自己的心高高擎过头顶，化作黑暗中一支照明的火炬。

可是，我为他们做了什么吗？

我深深地自责。我想，我不是要一个人追求光明生活，我要我的父亲、我的弟弟妹妹——我们携手一起走出黑暗、走出痛苦，走出苦难留下的阴影。

白天，我收拾和打扫每一个房间，除掉灰尘，我用手搓洗所有堆积的衣物、鞋袜、拆洗被褥。

我推开玻璃窗，让久违的阳光照进来，照亮每一个角落。

每晚，我都坐在玲玲的床边，和她聊天，给她讲故事，她像孩子一样依恋我，拉着我的手一遍遍说：姐姐你别走，等我睡着了你再走。我搂着她，像母亲一样轻轻拍她入睡。

小弟弟喝醉了，被朋友们送回来。

他醉得很厉害，吐得满床都是。我默默地把脏了的床单、枕巾换下来清洗干净，没有说一句责备的话。

我彻夜守护我的小弟弟。

他脸色苍白，额头上沁满了冷汗，我用热毛巾给他擦脸，喂他茶水解酒。我看见，他那像母亲一样卷曲的长睫毛微微颤动着，有大滴的泪珠滚落在枕头上。

轻轻擦去他眼角的泪，有说不出的心疼：你装作对一切痛苦都不在乎、装作坚强，但我懂得你的所有感受。有泪你就畅快地流吧，但不要因此冷漠了人生——我们应该双倍地呼吸，双倍地爱自己、爱生活和彼此相爱。因为，我们还负载着母亲未竟的爱和心愿，不是吗？

我回京前，举家去了一次公园，当时，那是小城里唯一的公园，弟弟妹妹都请了假。

中午，游兴正浓时，突然乌云压顶。霎时，正午的天空变得像傍晚一样，瓢泼大雨顷刻而至，游人纷纷退避于路边凉亭中。

妹夫用塑料袋给每个孩子折了一个雨帽，又拿出准备野餐铺地时用的厚塑料布。弟弟妹妹们各撑一角，将我、父亲、继母和几个孩子护在中间。妹妹先哼起进行曲的调子，孩子们也跟着唱起来。

看着已不年轻的弟弟妹妹湿透的衣衫和脸上流淌的雨水，我的眼睛也湿了。

十天飞也似的过去了。

离家返京的那天早晨，我把几个房间都收拾了一遍，暖瓶里灌满开水，把镶嵌母亲照片的镜框擦拭干净，含泪对母亲说：妈妈，我走了，会再来看你。

我又拿起笔，在台历上写下苏轼那千古不衰的美好祝词：但愿人长久，千里共婵娟。

回到北京，我给父亲写了一封长信：

爸，离开家的那天早晨，我很早就醒来了……望着窗外鱼肚白的曙光，听着远处列车隆隆地驶过，心里有一种难以描述的怅惘。

我听见你起床了，听见你的脚步声停在我的床头，我也想再看看你，再对你说点儿什么。可是，我怕流露出自己的软弱，我不能在你和弟弟妹妹面前流泪。

门在你的身后迟疑地关上了，你的脚步缓缓地、沉甸甸地敲打着楼梯，渐渐消失了。

当终于坐在车厢里的时候，我一次次朝你应来的方向望去，虽然我知道你不会来。你对我说过，小华，你来的时候，无论刮多大风下多大雨，爸爸都会风雨无阻去车站接你回家，但是原谅爸爸不去送你，爸爸害怕听见开车的铃声，害怕看见你离爸爸越来越远。

火车开动了，弟弟妹妹跟着火车跑起来，风扬起他们单薄的衣衫，民弟悄悄抹眼泪的动作，让我的心里烫了很久。

看着弟弟妹妹渐渐模糊的身影，我想起了你。

爸，你还记得你扮演过的那个游击队长吗？我记得。

你的腰间挎一把系红绸的小手枪，眉画得很浓，眼睛极亮，舞台上的你多么英姿勃勃！你一亮相，台下就掌声雷动，我骄傲地对小朋友说，那是我爸爸。

如今，岁月水一样流过，秋霜已悄悄染白你的鬓发，你经受了很多打击和挫折，都顽强走过来了。

可是，自从母亲去世后你就垮了下来——你知道吗，有很多次，你深夜从外面回来，疲倦地倒在床上睡了，我长久地注视你，真想摇醒你大声地告诉你：爸，让我看到你的坚强，你真想不到这会给我多么大的力量！

我从未对你说起过我的生活，所有属于我的那一份命运和痛苦，我都独自、默默地承担了。有时，真像驾驭着一条无帆无桨的小船在汹涌难测的激流中奋力挣扎。

可是，让我告诉你，在我脆弱又顽强的内心世界里，从来不曾真正放弃过对于生命的热爱，不曾放弃对于光明和未来的希望。因为我坚信，我们虽然不能自主地选择命运，但却仍然可以选择爱与光明；选择坚持与等待；选择有价值和有尊严的生活，甚至可以选择像凤凰涅槃那样先死而后生。

爸，母亲是那么柔弱，然而，她至死都没有说过一句放弃的话。
……

民弟看到这封信时，父亲还没有回家，他就揣着这封信去街上找父亲。

后来，父亲来信告诉我："那孩子的神情严肃而庄重，我以为出了什么事，站在路边就匆匆地读信，信没读完已是老泪纵横……

我相信，泪水的价值远胜于酒精。

父亲写道：

小华，在你走的那天早晨，我到你屋里看了你一会儿，想叫醒你，说几句话，又想叫你多睡一会儿。上班后，和别人一会儿说一句："小华中午就走了。"几次想上车站送你。可是，现在我愿意接你——只要你回家，无论多大风多大雨，爸爸都会风雨无阻地去车站接你。

也许是因为年龄的关系吧，我却难以忍受"依依惜别"的感伤，心情会久久地不宁静。所以，爸爸就不送你了。我又不时地看表，猜测你现在可能和弟弟妹妹出家门了。到中午，我又想，此刻开车的铃声该响了。晚上回到家，面对收拾得干干净净的房间，读着你写在台历上的苏轼那千古不衰的美好祝词："月有阴晴圆缺，人有悲欢离合，此事古难全。但愿人长久，千里共婵娟"，爸爸的眼泪忍了又忍。

我和你们的妈妈，三十年同甘共苦，我们都热爱生活，热爱这个世界，既不害人也不知道防人……如今傻乎乎憨憨的一对，只留下了我一个，即使上天入地即使将天地呼号崩裂，再也见不到她了，我的心是难以描述的痛啊。

……

如今，父亲已经快 90 岁了，每一阵微风细雨甚至每一天的日出日落，都让他孩子似的欣喜和感动。

也许，"善待自己也善待一切生命"，便是父亲风雨人生中最深的感悟吧。

逆风飞扬

不久之后，经过调整，资料室不再归属政策局，而是划归到后勤部。

邓楠亲自找我谈话，征求我的意见，是愿意继续留在资料室工作，还是愿意到中国科技发展研究中心所属的《内部讨论》编辑部工作？

我选择了编辑部——研究中心的所长胡平先生是国家科委著名的笔杆子，我国第一任驻美大使黄镇的儿子黄胜利先生是我的直接上司，我们共同编辑《内部讨论》。

在这段时间里，我学习和掌握了编辑基本的工作方法和手段，为我以后终身从事编辑工作打下了最初的基础。

《内部讨论》编辑部所在的中国科技发展研究中心在玉泉路，没有十分方便的直通公交车，在公交车两端，还有大段的路只能步行，那对于我几乎是不可能的。走不多路，义肢坚硬的皮革就能把伤口磨破，伤口磨破之后更是寸步难行了。

唯一的选择是骑车上班。

那时，爱人恰巧得到一笔奖金，大约 300 元钱，在当时，这笔钱相当于巨款了。他慷慨地拿出来，要为我买辆自行车。

小姨和小姨夫陪我在天桥的一个车行里，看到了这种尚未组装好的三轮车，后座上还有一个浅蓝色的小椅子，车子被漆成庄重的枣红色，所以我在心里叫它"小红马"。

当天晚上10点多钟，女儿睡着了，我在床边挡住好几个枕头，防止女儿醒过来滚到地上。关上灯锁好门，我们一起来到外面，今晚，爱人再陪我练习一次。

我是靠右脚的力量蹬车，每次只能蹬半轮，义肢则是被动地随着转动，还必须用一根粗带子固定在脚蹬上才不会滑落。

我骑在座位上，歪歪扭扭地在楼群里穿行，他跟在后面看得惊心动魄，一边跟着车子飞跑，一边提醒我看路看石头看拐弯。

因为是绕着楼群骑，绕一圈要在四个楼角拐四个弯。车子拐弯时，有好几次险些翻倒，我吓得又叫又笑。

原来以为，三个车轮比较容易掌握平衡，骑上才知道，车把十分灵活，忽左忽右，我完全把持不住。有好几次，真想放弃了，我说，我不想练了，我觉得我根本学不会。他说，那玉泉路那么远，你明天怎么上班报到啊？

……

第二天早晨，爱人不放心地千叮咛万嘱咐：别忘了按铃。别忘了刹车。遇事别慌。

我点点头，骑着车摇摇晃晃地上路了，心底弥漫着那种"风萧萧兮易水寒，壮士一去兮不复返"的悲壮情怀，那些马路规则和骑车要领都忘得一干二净。

昨晚练车时，路上几乎没有人，而现在正是上班和上学的高峰期，路上骑车和步行的人特别多。我立刻紧张起来，不断按铃，还一面喊："对不起，闪一闪，我不会骑车。"人群赶紧躲闪，一个女人很不友好地瞪我一眼说："不会骑车你干什么呢，活得不耐烦了。"骑出很远了，还听见有人说："你不想活了不要紧，撞了别人怎么办？"

好不容易走出楼群，前面就是马路了：这是一个十分开阔的四通八达的路口，来来往往的汽车和自行车一眼望不到头，嗖嗖地在我眼前穿过，让我看得眼花缭乱，自行车的铃声、汽车的鸣笛声，还有刹车的刺耳声音更是让我心惊胆战。

到达编辑部有两条路，一条是过马路后拐入玉渊潭公园，从北至南纵穿整个公园，但公园内有非常陡峭的坡路，而且很窄，一侧是园林，一侧是湍急的河流。

以我只能蹬半轮的力气，肯定上不去那个斜坡，而下坡的陡峭也让我害怕，万一掌握不好方向和速度，说不定会一直冲到河里去，那样，我必死无疑。

另一条路，就是现在这条车水马龙的路，我在路边犹豫了许久就是没有勇气跨上马路。抬腕看看手表，再不走就要迟到了。我鼓励自己：只要顺利通过路口，就是单行的自行车道，那样就没有什么危险了。

我咬紧嘴唇，歪歪斜斜地冲上马路，汇入滚滚的车流。我骑得很慢，不断有人在我的身后按铃，也不断有人超越我。

终于到达了军事博物馆，余下的还有一半路程，我的衣服已经被汗水贴在身上，右腿也没有力气了。因为只能踩半轮，所以相同的路程，别人需要蹬一万次，我就要蹬两万次，相当于别人两倍的路程，在逆风的时候尤其艰难。

晚上下班回家时，在那个四通八达的路口，我迟疑了许久，我甚至不知道过马路时应该看哪一路口的指示灯？

因为骑得太慢，自行车流都过去了，我被截在宽阔的马路中间，汽车不断地在我身边呼啸而过，路边的交通警察也一眼一眼地直"瞄"我，我更心慌了。

天黑了我才到家。

当看到那栋楼房时，眼睛不禁湿润了——我活着回来了！

这时我才觉得要虚脱了一样，伤口也磨破了，火烧火燎地疼痛，身心都疲惫至极。

楼门口站着一个女人，好心地指挥她的儿子，让他帮我把车靠在我家的窗户下面。

我感动地说：谢谢你好孩子。

忽然发现，那两个人都面露尴尬，仔细一看，那人并不是她的儿子，而是她的丈夫，因为长得圆头圆脑的，被我认错了。

我很过意不去，讪笑着溜进楼道，以后多次碰面，彼此都有些不自在。

朋友知道我只练习了一两次，就敢骑车上班而且路程那么远，都觉得我的胆子太大了——这可是北京的街道啊，车轮滚滚看着都头晕。

那时，我骑车和下车时，都要请人帮忙用布带把义肢绑在脚蹬上或者解开布带，非常不方便。后来，民弟来北京，用铁皮在左边的脚蹬上做了一个可以卡住义肢的脚套。这样，我上下车就不用别人帮忙了。

"小红马"为我立下汗马功劳，成为我生活中不可缺少的朋友，无论是买菜、上班、接送女儿上托儿所、去医院看病，甚至约稿、采访，我都完全依靠它。

女儿几乎就是在我的车后座上长大的。

最惊险的一次是我骑车带女儿出去，车前梁突然折断，我一头栽了下去，义肢插在车蹬套里，我不能动，摔得手掌和胳臂上全是血。

还有一次，骑车经过财政部后面的高坡，忘记了下坡还要捏闸，就那么快速俯冲下去，连人带车翻倒在马路中间。

恍惚中，听见有人惊呼停车和汽车刺耳的刹车声，此刻，我被车子压在下面，完全无法动弹。

当我被路人从车子下面扶起来的时候，看见我前后马路上停着长串的车辆，司机都探出头来向我按喇叭，表示抗议或者慰问。

那真是惊险刺激的一幕。

最绝望的一次是冬天。那天，特别寒冷，刮着大风，天灰蒙蒙的，还飘起了雪花，我的车子突然坏在半路。

这里很偏僻，前不着村后不着店，几乎看不到路人。雪越下越大，四周很快就变成白茫茫的了。

我困在那里举步维艰、寸步难行。

就在我快要冻僵的时候，弥漫的风雪中，有一个人向着我走来。他询问了我的情况之后说，他家就在附近，可以到他家里帮我修车。

他带我离开这条路，中间还穿越了一个很空旷的工地。在一个土坡上有座院子，院子不大，被几家自垒的小厨房分割开，显得十分狭窄。整座院子静悄悄的。

他说："安静吧？白天我们这院里都没人。"

我不安地问："那你爱人和孩子什么时候回来？"

"他们今天不回来住，下雪，他们住在小孩姥姥家，那儿近。"说完，还回头冲我笑笑，吓了我一大跳。

我一直心神不定地等着他修车。

想起一次在父亲家，只有我一个人在，有人敲门，打开门一下进来五个小伙子，手里什么工具也没有，却说是修暖气的，在几个房间里瞎窜。我假作镇定地说："我不知道暖气有什么毛病，你们先坐会儿吧，家里人马上就回来。"

"那有事再找我们吧。"

他们匆匆走后，我靠着门，滑坐在冰凉的水泥地上，腿软得站不起来：如果他们起恶念，五个人杀我一个还不容易吗？

后来听父亲说，那可能是从内蒙古流窜过来的流民，他们需要钱和粮票。

一个多小时后，车修好了。

那时，天已经黑了下来。我骑得很慢，雪地里车轮打滑，非常艰难。我的衣服都湿了，头发软软地贴在额头上。快到家时才发现，拿回家看的一大袋征文稿落在他那里了，我急得都快哭了（我连他的姓名和家庭住址都不知道）。

这时，为我修车的陌生人骑车追上我，把那个装稿件的纸袋递到我手里，又冒雪返回。

他真是一个好人，我为对他的不信任深感歉意。

无数这样善良、真诚的人，让我感念：不能辜负生活的美好。

第六辑

两只鸽子的最终命运

"文化大革命"中，父亲被莫名其妙地定性为"反革命集团分子"，开除党籍并在全市万人大会上受到批斗。

但是，那些令人窒息的日子，并不能扼杀一个孩子追逐快乐的天性。

那时，小弟弟还是一个不到 10 岁的孩子，他只朦朦胧胧地知道苦难就在身边，却不知道把苦难装在心里。

他常常痴迷于那些翱翔在蓝天上的鸽群，痴迷于清脆悦耳的鸽哨声。

能够像其他孩子那样拥有一对鸽子，是他小小心灵里最美好的愿望。

一天，他终于如愿以偿，用帽子捧回两只鸽子，也不知他是用什么东西和大孩子交换的。他小心地捧着那对温润可爱的鸽子，如获至宝，身后尾随着一大群孩子。

小鸽子"咕咕"叫着，一只全身雪白，头顶有一朵盛开如菊花的羽毛，眼睛像两粒小红豆，美丽极了。另外一只深灰色，黑眼睛、颈上有一圈紫色发亮的羽毛。弟弟正得意地告诉那些孩子："这只灰的叫'紫环'，那只叫'凤头'，都是名贵品种。"有的孩子附和说是，也有的孩子嫌他吹牛，说这两只鸽子都太平常了。

弟弟差点儿和那个孩子吵起来。

至少在他心里，这两只鸽子都是珍品。

他不厌其烦地侍候它们，还在墙角用砖头垒了一个鸽子窝，里面铺上清香的干草。他每天清晨起床后的第一件事，就是把小鸽子放出来，喂它们清水和玉米粒，还常常站到城墙垛上去训练鸽子，由近到远地放飞它们，教它们认识回家的路。

做这一切的时候，身边总是跟着一群欢呼雀跃的孩子。

两只小鸽子给弟弟带来无限欢乐，他的快乐和笑声让"大金牙"很不舒服。

"大金牙"是街道主任，也是父亲单位一位"革委会委员"的妻子。

也许她认为，一个反革命分子的孩子，是不能拥有欢笑的，或者，也可能她觉得那笑声是一种示威。

那天，她站到我家门口，一边用小刷子扫衣服，一边大声说："院子里是不能养鸽子的，限你们今天必须处理掉。"

母亲不忍心剥夺弟弟这唯一的快乐，又没有办法，只好连哄带吓，让弟弟把鸽子放掉。弟弟忍着眼泪蹲下来，一小把一小把地将玉米粒撒在地上。

小鸽子也好像知道了自己的命运，知道小主人是最后一次给自己喂食，显得比平时更加温顺，吃两粒玉米豆，就抬起头来看着弟弟，样子十分惹人爱怜。

磨磨蹭蹭地，直耗到午后，弟弟才把两只小鸽子捧在帽子里带走了。

他走了很远的路，狠心把小鸽子放飞了，然后头也不回，一口气跑了回来：他是个孩子，需要关爱，可母亲总是住院，父亲又不能常常回来。

于是，他学着去爱——爱比自己更可怜、更弱小的小动物，并在这种给予中得到感情上的满足。

这是他的权利，却被无理地剥夺了。没有人告诉他，他幼小的心灵为什么要承担这样的痛苦？

弟弟没有吃晚饭，回到家倒头就睡，在淅淅沥沥的雨声中一直睡到第二天早上。

迷迷糊糊地，他好像听见鸽子"咕咕"的叫声。

他从床上一跃而起，光着脚就往外跑。

打开门，只见两只小鸽子瑟瑟发抖地站在窝上，它们居然从那么远的地方，千辛万苦地找回家，它们所表现出来的忠诚、意志、智慧和温情，让我们全家都感动不已。

看见它们被雨水打湿得凌乱、肮脏的羽毛，弟弟又高兴又心疼，赶紧找出玉米粒喂它们，又用毛巾给它们擦干羽毛。

他决心，再也不抛弃它们了。

弟弟把鸽子藏在窝里，不再到城墙上放鸽子玩儿，连喂食也是悄悄的，不敢张扬。但他毕竟太小，隐藏不住这个秘密带给他的巨大欢乐。

"大金牙"还是知道了，给母亲下了最后通牒。

母亲无奈地对弟弟说："把鸽子处理掉吧，家里粮食不够吃，哪儿还有多余的粮食喂鸽子呀？"

弟弟说："那我不吃饭，把粮食省下来，行了吧？"

母亲想打他，他不躲，含着眼泪说："打吧，多疼都不要紧，只要别把我和鸽子分开。"一向乖巧听话的弟弟像变了一个人，一心想保护他忠实的朋友。

那天，父亲被允许回家，母亲让父亲吓唬弟弟："如果不把鸽子放了，明天就杀掉吃肉。"弟弟哭了，父亲又狠着心说了一遍。

父亲知道，如果这件事触怒了"大金牙"，一定又会被上纲上线，提到敌我性质上。

父亲心里也很难过：他尚且不能自保，也不能保护妻子、儿女，又如何有力量保护那两只弱小的鸽子呢？

下午，我去大门外倒垃圾，看见一个乡下人，背着一个大麻袋走过来，问我："有没有鸽子？"

我这才注意到，那麻袋里有什么东西在蠕动。

我问他："你是养鸽子的吗？"

"是，有吗？"

我赶紧叫他等一等，自己跑回家告诉弟弟："外面有一个人，是专门收购鸽子的，你还不如把鸽子给他呢。"

看得出，弟弟很舍不得，犹豫了一会儿，才捧着两只鸽子跑出去。

那个人正等得不耐烦，他把弟弟捧过来的鸽子塞进麻袋问："你卖多少钱？"

弟弟没明白那人在说什么，他神情有些恍惚地看着麻袋，表情十分不忍。

那两只小鸽子闷在麻袋里"咕咕"叫着，声声绝望、令人心碎。

"这两只鸽子你卖多少钱？"那人又问了一遍。

弟弟好似要哭了一样地说："我不要钱，你可要好好养它们。"那人点点头，背起麻袋就急急忙忙地往前走了。

弟弟说："你等一等。"

那人以为弟弟后悔了，走得更快，连头也不回。

等那人走到下坡了，弟弟手里攥着半小袋玉米粒追了上去，我紧紧跟在他的后面。

弟弟气喘吁吁地跑到那人的前面，把玉米粒递给他，再一次恳求他："叔叔，你千万别杀了它们。"

那人奇怪地看了看弟弟，没有答话，匆匆地转过墙角。

弟弟就一直站在那里，目送着他心爱的鸽子渐渐远去……在夕阳的余晖里，一个小小的身影，久久地，一动也不动。

残阳如血。

我一个人慢慢地走回家。

正听见门口有人在议论这件事，他们说："那人就是给饭馆收购鸽子的，收购鸽子还不是为了杀掉吃肉。要不，他哪儿有那么多粮食给鸽子吃啊。"

至今，我都不忍心把这些话告诉弟弟。

就让他怀着一个梦想吧，让他以为他心爱的鸽子还活着，活在一个他虽然看不见但却安全的地方，远离屠刀、远离危险，它们仍然可以在蓝天上自由、美丽地飞翔。

忧心忡忡

想到我如此珍爱、视若掌上明珠的女儿终有一天会出嫁，会成为别人的妻子，既能享受爱情的甜蜜，又要担当起生育和生活的疼痛，心里就说不清是忧是喜。

这时，总忍不住记起傅天琳的诗句："孩子，如果有一天／你梦中不再呼唤妈妈的名字／而是呼唤另一个陌生的年轻的名字／那是妈妈的期待妈妈的期待／妈妈的期待是惊喜和忧伤"，想诗人已写尽天下母亲的复杂心情。

女人的生命路途大致相似，我也是这样一路走来，又从社会和书本上阅遍人间景色，就总想对女儿说点儿什么，但又觉为时过早，想一想，不妨写下来，或许也对女儿和那些待嫁的女孩们略有益处。

婚姻是一种个性化的行为，我不可能明确告诉女儿应该选择什么，但是我想，可以试着用排除法，先排除掉那些不宜进入婚姻的对象。

女孩子面对这个精彩纷呈、五光十色的世界，都会有许多自己的喜欢和追求。也许，很少有妙龄女孩不向往浪漫舒适的生活，也很少有妙龄女孩不会对珠宝首饰和英俊多情的男人动心。

是的,你尽可以用正当的手段、用你的才华和努力去获取,你会得到应该属于你的——你也可以妆容高贵、可以住宽敞的房子、可以开豪华名车,可以有自己深爱的"白马王子"。

但是女儿你记住:情感的竞争在恋爱时是允许存在的。

那时,很多情侣尚在组合之中,每个人还都具有选择和被选择的同等机会。

但那个令你心仪的男孩子一旦进入婚姻状态,或者面对一个已在婚姻状态中的男人,你就必须接受这样的事实:无论他多么优秀、多么难以割舍,他都已经属于别人。

如果你是一个心地善良的女孩,如果你的竞争对手同样是个善良的女人,你就会为自己的行为承担道德的谴责和良心的拷问,你会为伤害了她也许还有无辜的孩子而深深不安。

你很快会发现,建筑在别人痛苦之上的快乐,绝不会是纯粹的快乐。其中的苦涩,会像冷雨一样不知不觉、点点滴滴淋湿你、浸透你,使你再也找不回那个开朗、无忧的自己。

如果,你的竞争对手是一个强硬的女人,她将知道怎样对付你——她会把全部的猜疑、怨恨和愤怒指向你。那时你会发现:真正的战争将在两个女人之间展开,而在这场争夺战中,没有真正意义上的胜者。你还会发现,最终受伤害的还是你自己。

即使你千辛万苦、伤痕累累地赢得了这场战争,得到了那个你渴望相伴一生的人。那时,你的浪漫情怀、自尊和激情,也可能在旷日持久的厮杀中消耗殆尽了。

你见过流星吗,它怀着巨大的热情和献身精神扑向我们这个淡绿色的星球,一路上,它光焰四射、魅力非凡。但是当它降落在地面时,已燃尽所有的能量,熄灭夺目的光芒,变成一块貌不惊人的陨石了。

你所爱的人，在你眼里也可能如此。

这是因为没有了距离，还因为婚姻不是一片浪漫的天空，而是一块真实的土地。

所以女儿，不要贪恋那片危机四伏的风景，不要让情感滑出理性的轨道——勇敢地转过身去，这个世界上出色的男孩有很多，你一定会找到属于自己的阳光般透明、美丽的爱情。

不要嫁一个丧偶的男人。

你承担不起他山一样的悲哀和沉重，你也不可能完整地拥有他，除非你不在乎；除非你爱到深处以至于"爱屋及乌"，因爱他而爱他所爱；除非你有坚强的心理承受能力；还除非你对自己特别有信心——因为，也许刚刚开始，你在他内心深处，只是他那死去的妻子的替身，他会不由自主地将你们做比较，他会保留她的气息、她的习惯、她的回忆。

如果他是一个多情的男人，这个过程将会更长一些。

你可能会妒忌，可能感觉到她横亘在你们中间，使你们疏远和陌生，可是你又看不见她，看不见她可她的影子又无处不在，她游荡在你的周围……渐渐地，你会变得沮丧、多疑、神经质甚至怀疑他对你的爱、怀疑自己的魅力、怀疑最初的选择。

这正是缝隙产生的开始。

你可能还不甘心，不愿承认一个鲜活的生命竟然败给一个趋于腐朽的生命。

孩子，和一个死去的女人"争宠"是不会赢的，就是因为和你相比，她是不幸的：你是年轻貌美的新娘，而她是可怜的"亡妇"。人们都同情"弱者"，何况，她还曾经是他同床共枕的妻子、是他的峥嵘岁月的历史。谁能割断历史呢？历史是一种沉甸甸的存在，是他们曾血肉相连的事实。虽然阴阳两隔、虽然已灰飞烟灭，但她可以像空气一样充满他的记忆和心灵，因为，她是无踪无形的。

还有，如果她留下一个女儿，这个女儿将是你潜在的敌人，她会代替母亲捍卫和争夺自己的父亲。那时，你将腹背受敌、疲惫不堪、进退两难、一败涂地。

知难而退，应为上策。

有人说过，婚姻的成功，一半在婚前的选择，一半在婚后的经营，可见婚前的选择是至关重要的。

婚前，一定要睁大你的双眼，要相信你的眼睛而不是耳朵。

一个男人的素质绝对会影响到女人的生命质量，反过来也一样。

女孩"遇人不淑"，错嫁给一个品质不好的男人，她的婚姻无疑是灾难性的。

但这只是一些极端的例子，更多失败婚姻中的男女，可能双方并无品质问题，而是性格或心理问题所致。

健全人格和健康心态以及缺陷人格和病态心理的形成，可以一直追溯到童年时期。

心理学家们证实：在不和睦家庭成长起来的孩子，比较孤僻、自卑、敏感、不善于交流、对别人缺乏信任，难以形成亲密关系。

而且，很多缺点在婚姻那里是会成倍放大的。

所以，家庭背景和家庭成员之间的关系不可忽略：一个男孩子不可能从他独断专行、脾气暴躁的父亲那里学会温柔地爱女人，学会怜香惜玉：疼惜、呵护、宽容和尊重女人。

同样，一个从小失去父爱的男孩，可能会过分依赖母亲、对母亲言听计从，而母亲也可能会把这个男孩当作情感的寄托，甚至当作丈夫的化身。

遇到这样一位母亲，你其实变成了"第三者"或"掠夺者"，一定会遭到这位母亲的顽强抵抗。

以你的稚嫩，怎么可能对付一个经验丰富、沉着冷静的妇人呢？这将是一场持久、艰难、力量悬殊的战争——你细嫩的脸皮、清澈如水的眼睛和温润如玉的嗓音，都会在硝烟弥漫中荡然无存。

可我，不愿意你学会诅咒、仇恨、冷笑、讥讽和谩骂，不愿意看见你放弃骄傲、自尊和矜持。

女儿，我害怕你会因此变得粗糙，你懂吗？

而且，一个心智不够健全的男孩，并不适宜作爱人。

所以，放弃，仍不失为明智。

在这个问题上，不存在胜者或败者，只存在愚者或智者。

女儿，妈妈还想说，即使有一天你找到了自己的最爱，也要明白：凡是具有生命的东西都会发生变化，这是一种最自然、最正常的状态，请从容接受它。

爱情也是有生命的，所以它同样会在变化之中——一方面，可能凋谢、变质甚至死亡，另一方面，可能转化为亲情，类似于血缘的那种：生死相依、荣辱与共。

爱情，是以这种形式获得新的生命。

其实，激情是性爱的表现形式，而亲情，是爱的升华。

也许，它更真实，也更接近于爱的实质，不是吗？

诗与远方

终于登上了美联航的飞机，此行目的地是美国"翡翠之城"西雅图，飞机时速 880 公里，将要飞行 12 个小时，行程将近两万里。

这是我此生走得最远的地方了。

一进机舱，就闻到咖啡的浓香味道，让人很是愉快。毕竟，西雅图是星巴克咖啡的总部所在。

为了这趟难得的旅行，我尝试将机舱过道中间的座位换到舷窗旁边，这几乎是不可能的，没人愿意换。

真没想到，有位中年美国先生居然同意座位对调，只见他一坐到过道中间的位子上，就戴上耳机闭目养神。看他如此，我就知道对他来说，这注定是一趟无聊的旅程了。

每个人的座位前，都有一个告知飞行实况的视频，还有一个微型电视机，可以免费观赏平时看不到的美国电影。

其中，有好几部都是我平时想看而不得的，但我终于抗住了这种"诱惑"，在飞行的 10 多个钟头里，一直不眠不休、专心致志地观赏"天上风景"，因为这样的机会，一生不会太多。

我看到了天空从最浅的蓝色一直到最深的蓝黑色，N种魔幻变化、令人炫目，还看到了大得无法形容的月亮和密密麻麻钻石般的星星。

太阳西落的时刻，我的眼前仿佛出现一大片紫色薰衣草花园，令我惊叹不已。

经过太平洋上空时，透过舷窗向下看，翻卷着滚滚雪白色，如一望无际的羊群，初始以为是太平洋波涛汹涌的滔滔巨浪，后来才意识到，是舷窗下方厚重的云层。

我所在的机舱里，一位金发空姐，足有四五十岁了，不像国内的空姐都是漂亮小姑娘，还有一位"空哥"，一只耳朵上戴着耳环，说话和手势让人联想到"GAY"。他们每隔一会儿就推着小推车送各种饮料：茶、啤酒、红酒、咖啡以及各种果汁和矿泉水。

我乘坐过日本航空公司的飞机，精美的餐具和丰富的餐饮：鳗鱼饭、大酱汤、颜色赏心悦目的各种小菜和水果、饮料。让我从此有了一个错觉：飞机餐，都该如此。

美联航的飞机餐菜单上有意大利面、面包、汉堡、米饭、炒菜还有其他西餐。

我点了米饭，送过来之后，才发现米饭上面只有几片鸡肉，旁边码放着几朵焯过的西兰花、豌豆、圣女果之类，不仅感慨：美国人那么富有，饭菜也太缺乏想象力和创造力了吧？

曾经看过一个节目，父母为参加越战、九死一生回到家的儿子准备欢迎晚宴，就是各种面包、三明治、土豆、豌豆泥、胡萝卜和一些鸡肉、烤鱼、肉罐头、煎牛排。

这要在中国，得有多少好吃的啊！

由此想到：很多外国人喜欢中国，可能更多是为中国宏大精深、丰富无比的饮食文化所吸引吧？曾经看过一篇文章，写外国人如何钟情于中国饮食：一位美国小哥一边辣得流眼泪一边手不停着，还自怜：啊，那么好吃，我过去 30 年吃的都是什么啊！

飞机上，居然晚饭没有正餐，就是送一些零食：巧克力、饼干、小糕点、酸奶、橙汁之类，下飞机时，我已经饿得前心贴后心，开始怀念中国的经典早餐了：香软烧饼、茶蛋和甜豆浆，或者哪怕是一碗最简单的面条呢。

来之前，已经拜托朋友帮忙租房，四五月份正是西雅图最美的季节、旅游旺季，所以住房租金高居不下。

朋友住的房子，一百多平米，阳台很大，房间里铺着米色地毯，还有一个特别漂亮的黑色大理石壁炉，电子火苗十分美丽，还能模仿出火苗"噼里啪啦"的声音，想象等到冬天，依偎在火炉旁喝咖啡、读书、听音乐该是何等的浪漫！

问了一下，月租金在 3000 美元以上，如果租一年，相当于人民币二三十万，还不算其他消费。

西雅图的空气是好，尤其树木茂密的地方，空气里弥漫着草木的清香，真觉得呼吸是一种享受。

但我也不能仅仅靠吸食空气活着啊。

朋友帮我看了好几处房，最终敲定一个两居室开间，不算水电、暖气费，租金每月 2100 美元，相当于人民币 15000 左右。（房屋面积都很大，没有类似的小一居）。

朋友再三希望房价再降低一些，房主丝毫不为所动，总是很坚定地回答：NO！并且婉转地说：好几个人都看中了这套房子，如果一直犹豫不决，她就会考虑其他租户了。

急忙敲定下来，房主又进一步提出，最少必须租半年，而且要一次性，付够四个月的房租！

朋友再怎么说，她都微笑着但无比坚定地回答：NO，丝毫没有通融的意思。

只好先把租金都打过去。

正准备订飞机票，房主又提出，三天后才能入住，因为法律有规定：凡是出租房屋者，必须要清洗地毯，否则会被罚款。

心想，美国人真认真，你不清洗、不告诉我有这条法律，我也不知道啊——唯一解释就是美国人遵守法律的自觉性，而且，法律条文如此详细，也不是形同虚设。

三天后入住时，房间非常整洁，地毯明显是清洗过的，案子上放着一瓶红酒和一套质地很好的婴儿服，还附有一张英文便签：谢谢光临，祝愉快！

那套婴儿服，显然是送给朋友的，房主看出她正在怀孕。

不禁想到：美国人在利益或者原则问题上寸步不让，可在礼节上又很周全。

房间里除了洗衣机、烤箱、煤气炉、冰箱、微波炉，居然连个床都没有，更别提床上用品了。

这就意味着：铺的盖的用的，都需要租户自己置办。

在国内，我也当过出租户，把房子租给他人，生活必需品都是必备的：冰箱、微波炉、电视、洗衣机、沙发、椅子、书桌、床、干净的床上用品。

还需要代缴半年或一年的煤气费、电费、水费和冬天供暖费，在美国，这些费用都是由租户自己承担的。

国内有统一供暖时间，不管家里是否有病人、老人还是婴儿，都一视同仁。

这里，每套房子里都有供暖开关，住户可以根据自己的需求，择时供暖，比较人性化。房间里都有很大的储物间，可以把多余的杂物放在里面，使空间更大更整洁。

推开玻璃窗，就能闻见带着海水腥味儿的新鲜海风，看见不时掠过的巨大海鸥，更远处，在晴天的时候，可以看见云雾缭绕、终年积雪的瑞尼尔雪山。

我尤其喜欢楼顶的大阳台，很多叫不上名字的绿植和盛开的鲜艳花朵，还有一小片紫色薰衣草，花香袭人。

阳台对面不远处就是风平浪静的蓝色海湾，波光粼粼、白帆点点。这不就是海子诗歌里的意境：面朝大海、春暖花开吗？

阳台很大，摆放着好几个浅灰色木质长桌、圆桌、木椅、躺椅，角落里还有一个公用的烧烤箱——楼里的邻居，都可以拿着自家的牛排来烧烤，甚至，烧烤完了，就可以找个圆桌坐下，打开罐装啤酒开吃。

西雅图的夏天，到晚上七八点钟，还像北京下午的三四点钟一样，天空依然蓝得悦目。常常有年轻男孩、女孩，也有中年人，拿一杯饮料、啤酒、薯条，在阳台上看书看海看水鸟，度过一段悠闲时光。尤其周末，几张桌子周围都坐满了人。

那在我看来真是无比美好的享受。

楼里，还有一个小型健身房：镶嵌在墙壁上的大镜子、饮水机、各种球类、高低杠、跳绳、健身器械和三个跑步机，可供住户无偿使用。

楼道里，铺着深棕和浅棕相间的地毯，每家门前都有一个长方形的淡绿色玻璃门牌和一盏乳白色蜡烛台式壁灯，长长的走廊，还有一盏盏雅致的顶灯，昼夜通明。

我常常忍不住瞎操心：这得浪费多少电啊！

西雅图的自来水，来自国家森林公园里的冰川湖，水质清亮甘甜，可以直接饮用，如果烧开了再放凉了喝，简直比矿泉水都好喝，特别甜。用西雅图没有消毒水味儿、清洌甘甜的水，泡一杯中国绿茶或者咖啡，都是我超爱的享受。

刚去不久，伊利诺伊洲就发生了章莹颖事件。

中国女孩章莹颖出去和房东谈租房事宜，监测录像显示她上了一辆私家车，从此失踪，再也没有人见到她。

国内，我住的小区，家家都有防盗门、防盗窗，有的还在走廊安装第二道防盗门，简直是"壁垒森严"。

而我现在租住的房子，只有一道木门，钥匙更是那种最简单的，只在锁眼里转动一下，房门即大开。

楼里的邻居各色人种都有，很多都人高马大、肌肉紧绷，强壮如健身教练，甚至有大片文身。阳台是开放式的，只有很矮的玻璃护栏，与邻人之间相隔的，也是稍高一些的玻璃护栏，略有身手，踩个凳子，就可轻而易举翻越而过，我的房间面对阳台这一面，完全是透明的落地玻璃，卷起百叶窗就一览无余。

初来乍到时，朋友也提醒我：夜晚散步别到海边去，那里有时会有毒品交易，也不要轻易与人发生冲突，美国人可是都有枪。

开始，晚上楼道里，只要响起轻轻的脚步声和叽里咕噜的说话声，我就紧张，好容易睡着了，又常被刺耳的警笛声和呼啸而过的警车惊醒：犯罪，似乎随时都在发生。

朋友带我走了一趟住处的正门，那真颠覆了我对于"传达室"的认知：印象里的传达室，都是比较昏暗的一间小门房，有个呼哧带喘的大爷值班、收发信件。

我现在看到的"门房"近乎于奢华：干净的长廊上，铺着地毯，走廊墙壁洁白、一尘不染，上面居然挂着很多装裱好的中国水墨画：菊花、牡丹、芍药、荷花，让我顿有"宾客如归"之感。

值班员是个中年白人，系领带、西服笔挺，他的值班室如总裁办公室一样明亮富贵，宽大舒适的沙发、鲜花、绿植、盆景，宽大的写字台上，宽频电脑荧光闪烁，可以 24 小时全方位监测电梯、楼梯以及各个角落。

侧面，是窗明几净的会客室，也有素净的单人沙发、茶几、盆栽和阔叶植物，洁净温馨。

要进入楼里，须通过值班室前面一道透明玻璃钢门，只有住在楼里的人才有打开这道门的电子钥匙。

朋友说，我们这个社区非常安全，评分很高。入住的人，都有非常良好的信用记录。如果有了不良记录，你在这里将寸步难行：入学、升职、找工作甚至贷款都会受到影响。

楼里的地下车库特别大，有好几层，每每开车从地下车库回来，用特有的电子钥匙打开车库铁门，汽车驶进去后，后面的铁门，才会缓缓放下来。

我抖机灵说：假如有别的车趁机跟进来，假如车上有歹徒……

社区有规定，开进来的车必须停下来，一直到铁门完全合拢为止。

要是有人不这样做呢？

铁门旁有监测视频，万一有不守规则的人，一次性会罚款 300 美元，而且，信用受损，这在美国是很严重的事情。

我们在国内的阳台上一般都堆满了杂物或者晾晒衣被。

来到这里我发现，所有的阳台上，都只看见盆景或者植物，看不到晾晒的衣物和杂物，公寓里配置的洗衣机都带有烘干机。

后来才知道，市政府也有明确要求，在阳台上晾晒衣物影响市容，是会被罚款的。

由此可见，美国人的自由，其实是建立在"规则"基础之上的。

王朔在一篇写美国的文章中说，他在国内认识的人中，到了美国都变得老实了。

他刚到美国时，也总有人善意提醒他：千万别犯罪啊。因为在美国犯罪，等待你的就是法律的严惩，没有人去"捞"你。

曾经震惊中外的"中国在美国的留学生虐待同学案"就是一个典型

例子：因情感琐事纠纷，十多名中国留美学生以扒光衣服、强迫吃沙子、剪头发、烫乳头等手段，虐待一个女同学多达七八个小时。

最终，事件的三名主犯分别被判处六到十三年有期徒刑。

家长如试图贿赂法官，也就触犯了行贿受贿的法律，必然受到法律的严惩。

由此可以看出：诚信、规则是约束普通人行为规范的，如果触犯了道德和规则，就进入了法律程序，由法律来制裁，且毫不留情。

"酒能乱性"，也助长不良情绪——我发现，美国对于白酒，控制得很严格，一般大型超市，供应的都是红酒、果酒和啤酒，买酒必须是超过 18 岁的成年人，外国人买啤酒还需要出示护照。

圣诞节晚上，我们去一家有名的牛排店，九点以前可以点红酒或者啤酒，穿红色圣诞服的侍者会提醒客人：九点以后就不能点酒了，而且，刚才点过的啤酒要在九点以前饮完，并且撤下杯子。

我想，这或许也是一个消除不安全隐患的重要举措。

国内看病难，都深有体会，几乎所有的医院、所有的医院科室都人头攒动、人满为患，有的医院甚至昼夜排队挂号，由此也滋生了票贩子的猖獗，一个专家号能炒到天价。

我在工作单位多年，看病次数有限，不是因为身体好，而是受不了那排队的罪，也舍不得排队看病的时间。"久病成良医"，有了病多半自行诊断、自己到药店买药吃。

有一次，我因为用电脑过累，白眼球通红，在网上自查，得知不是一般结膜发炎，极有可能是角膜发炎，这可是能导致失明的啊。

吓得我一大早就打车，去了北京最好的眼科专科同仁医院，这也是我第一次去。

一进医院我就晕了：宽敞如北京火车站候车室的大厅，熙熙攘攘，排的队一个比一个长，蜿蜒曲折，都如神龙"见首不见尾"——先排队买挂号本；填好个人信息去排队挂号；挂完号排队检测视力；测完视力再到分诊台排队分诊，好不容易进到门诊科室，过道里挤得水泄不通，病情更是五花八门：有打架眼睛失明的，有摔跟头眼睛扎钉子的，还有眼底长癌的。

直到下午从医院走出来我都快哭了——想到老祖宗的家训"没什么别没钱、有什么别有病"何等远见卓识。

国内这种情况，一是国人健康堪忧，另一方面也说明了医疗资源发展不平衡，优秀的医疗资源大都集中在大城市、大医院，病人中拖家带口、来自外省市或者农村者居多。

在美国看病，则需要事先电话预约，一般病情会推荐去比较初级的诊所，如果诊所处理不了，会征求你的意见，为你推荐更高一级的诊所，并且告诉你所需费用和他们诊所有什么不同。

我在美国看过几次小病，预约的是一家私人诊所，诊所的大玻璃窗上印着一个穿洁白大褂、挂着听诊器的年轻医生形象，帅得不亚于美国任何一部电影里的男主角，湛蓝的眼睛温柔而真诚。

无论是前台的黑人小姐还是主治医师，都非常耐心，让人毫无压力。说话的时候，虽然需要翻译，但对方的眼睛一直温和注视你的眼睛，以示尊重。

绝对看不到北京医院人山人海和彻夜排队的情景。

但是，你必须遵守约定时间，哪怕错过了五分钟，哪怕你有任何理由，都必须自动排到最后一个病人的后面。医生也不会是"雷锋"，不会为了你延长工作时间，就算马上轮到你，前台护士小姐也会告诉你：对不起，下班的时间到了，请明天按照约定时间过来，医生会准时等候并竭诚为您服务。

从这里也可以看出，美国人很认真地享受休息的权利，享受与家人在一起的时光，或许在他们心里，比起挣钱和工作，家庭才是他们更重要的选项吧。

在美国，能看到最全的各色人种，无论黑白，无论是总裁还是流浪汉，都带着一种超然物外的从容自信，任何奇装异服、任何打扮，都没人多看你一眼或者高看你一眼。

有一次，我在一个大型超市看到一个黑人男子，个子很高，穿一件黑色长衫，头发一半剃得精光锃亮，另一半留着披到腰间的长发，走在人群里特别显眼。

他的女友，一个矮小的白人女子满脸崇拜地看着他。

我注意到周围人都见怪不怪、视若无睹。

……

冬天，我们驱车百里，去一个著名的滑雪场。

路旁，堆着一人多高的雪墙，远远近近的山谷、山峰、原始森林，银装素裹，分外好看。

没开出多久，就开始下雪。

我从来没有见过那么大的雪，一片片就像一种体形巨大的亚马逊蝴蝶，漫天飞舞。

可能是前方出了事故，我们在半路滞留了四个多小时，不一会儿，各种颜色的汽车一律变成了纯白色，前后排得大约得有 N 公里长。

没有人抱怨，没有人咒骂，都一直在车里安静等待。

几个金发青年下车，也看不到他们愤怒和沮丧，在呼啸的狂风和狂野飞舞的暴雪中开心地唱歌和团雪球。

和我们并排的一个车主，是个又酷又帅的美国老头，70 多岁的样子，开着霸气的"路虎"，穿黑皮夹克、红格围巾、墨镜、白发，一直嚼着口香糖头戴耳机听音乐。

他发现我们的车里有小婴儿，就问：有什么需要他帮忙的？还主动从车窗里递过来很多卫生纸和湿纸巾。

在四个多小时里，他竟然没表现出丝毫的烦躁，那么心平气和的神情，十分难得。

有一次，我和朋友出游走散了——不想等在原地，而想试一试自己能否找回住处？

凭着路口的霓虹灯和特意记下的商店招牌，走过铁路和两条街，我居然找到似曾相识的那栋楼。但是，我忘记了：我没有进门的电子钥匙。在楼门口苦等了多时，才等来楼里我并不认识的住户，是一对白发苍苍的老年夫妇。

Sorry。他们温柔而坚决地拒绝我和他们一起进去。

我一筹莫展，又等了半天，突然想到：朋友或许已经从旁门回去了，并且，是否也认为我已经回到自己的房间了。

我的手机走出楼门就无法上网，也没有办法和朋友取得联系。

眼看天快黑了，语言不通，也不认识任何人——等黑夜降临，我就只能在陌生街头过夜了。

突然，发现这栋楼的底座有一个小理发店，我鼓起勇气走进去，靠门口一个三四十岁的男人正在为他的一个女顾客烫发。

我抓到一根稻草般，向这个理发员连比画带说，他似乎明白了我的意思，去拉开里面的一道门，让我明白这里是个独立空间，并不能直接进到楼里去。

我道了歉，沮丧地走出去，他仍然在身后说个不停，我没心思听，也听不懂。

天色越来越暗了，耳朵里仿佛轰鸣着海边拍击堤岸的涛声。徘徊着，我开始认真考虑：如何找到一个可以安全过夜的地方？

这时，看到刚才那位先生急匆匆向我走过来，示意我跟着他走。走了大约多半条街——我认出来了，是这栋楼的正门，有楼里的管理人员，他跟管理人员说明了我的情况，就匆匆挥手走了，我猜他的女顾客还在

192

等着他的服务。

他对我和我对他，都是真正意义上的陌生人，我甚至都没来得及用他的母语给他道谢，但我永远记住了那种最无助和最温暖的感觉。

……

在西雅图，朋友几次驱车数百里，带我去了野生动物保护基地、郁金香花乡、华盛顿湖、绿湖、著名滑雪场、灯节、有五彩树叶的美丽的波特兰、如油画一般的哥伦比亚大峡谷等。

最让我难忘的是举世闻名的瑞尼尔雪山，我对它神往已久。

我们清晨出发。一路上，高速公路两旁的深谷里，都是茂密的原始森林，参天大树随处可见，整面悬崖开满鲜红色野花，红得触目惊心，清澈幽深的高山湖泊、水花飞溅的千年瀑布，简直美不胜收。

盘山公路到2000多米处停车休息，我走到车外，一抬头，看见了我这辈子最难忘的景色：瑞尼尔雪山峰顶，就像一大块晶莹剔透的巨冰，盛放在纯蓝的水晶碗里，无比纯净、纤尘不染。

四周白云环绕，如梦如画、似真似幻。

全世界不远万里、慕名而来的游客，都不约而同举起了手机和相机，这仙境，只应天上有，一生见一次已是恩赐。

几百公里的高速，无一处收费站。

瑞尼尔雪山，每年都要接待成千上万名来自世界各地的游客，多大一笔收入啊，居然还不收门票。

真感叹美国人太没有经济头脑——这要是在别处，是多大一个从天而降的纯肉大馅饼啊，简直够世世代代坐享其成了。

归途。

雪山脚下一个童话般的小镇，彩色积木一样的房子，绿树环绕、鲜花盛开，又看到了一生难以见到的景色：两只野生的梅花小鹿，亲昵地并肩而行，我们停下车，惊喜注视着它们，连浓密的睫毛、茸茸的鹿角都看得分明，更奇的是，它们神情泰然自若，对人和汽车目不斜视、毫不慌张——那份从容，分明是不懂得害怕也不懂得恐惧为何物？

一直目送它们优雅的身姿，遮蔽在树影和暮色里。

返回时，已是晚上十点多钟，夜空依然蔚蓝，月亮是柔和明亮的淡金色，高速公路上，车灯与天空上的星星闪烁成一片，分不清天上人间。

我久久沉思：美好，真有一种震撼人心的力量，它激起的是真和善、是感动、是永远的追寻和憧憬。

你叫崽崽

崽崽，人生初见，你睡在一个小小的摇篮里，小脸蛋近乎完美，安静而圣洁。

我们去一个较远的饭店，为庆贺你满月。

一路上，两旁绿树滴翠、繁花盛开，你一直睡在小摇篮里，但是，车里因为有了你，显得格外温馨，似乎连空气都充满了芬芳。

那时候，你对这个世界的需求，只有睡眠、奶水和妈妈的怀抱。回来时，很晚了，华盛顿湖边茂密的灯光，闪烁如深蓝夜空中的星河，你是我心中最亮的那一颗，宝贝。

两个多月时。除了在自己的卧室小床上入睡，你醒着的时间更多了。

你被安放在客厅地上的婴儿毯上，你已经会无声地笑，而且非常爱笑，黑亮的眼睛里清澈如水，没有一丝岁月的风尘。

有时候，你会长时间望着厨房玻璃门里忙碌的身影；有时候，静静凝望空中的某个地方；有时候微笑。你一笑，周边立刻亮了，仿佛阳光盛开。

你很小的时候，看妈妈示范摇拨浪鼓，你就知道要转动着摇，你摇得可好看了，小手像粉红的花瓣。

有一次，你拿到了一串家门钥匙，就拍打着我的肩膀，跷着小身体，"指挥"我来到门边。

真没想到，你把那串钥匙放在门把手的地方转动。我大吃一惊：你竟然知道钥匙需要与门亲密接触，居然知道开锁的动作，大人的行动居然被你默默看在眼里，你多么有心啊。

你的年龄还是按照月龄计算的，你才十个月。

钥匙也成了你最喜欢的玩具，你可能对它能打开家门感到无限惊奇吧。

你洗澡的时候，需要在水龙头上接一段白色的橡胶管子，一次你拿到这根管子，竟然知道往水龙头上按。

你还知道用转动的方式去盖奶瓶盖或者旋开瓶盖，自己弄不好的时候就会起急，小脸通红。

一个小围嘴搭在花架子上，你拿下来后，试图重新搭在上面，不成功，就急得啊啊大叫。

玩具上有类似台球的三个洞洞，把颜色不同的小球排放在上面，轻轻一按，就会依次掉到下面的环形轨道上。你总想来点儿不一样的，尝试两个小指头同时按下两个小球，然后开心地直笑，自己玩了很久。

有个玩具，台面上有红绿灯，按电钮，就会灯光闪烁。你别出心裁，坐在地毯上，抬起右腿，努力去够台面，想用小脚丫按那些电钮，耐心试了很多次，没有成功，转而去玩儿别的。

这两件事说明你的三个特质：能够想到和敢想并勇于尝试；特别专注、特别耐心；知道此事可为或者不可为的界限，对不可为之事不执着、适可而止。

这三点智慧，对大人都很重要，何况那么小的你。

你特别爱看书，不论看到谁，都会举着一本彩色绘本让讲给你听。听的时候，小脸蛋洋溢着圣洁之光，如果，这一次讲的和上次略有不同，你就拒绝翻篇，用小手指固执指着，直到妈妈来纠正。

有时，你坐在玻璃窗前的地毯上，看一本连环画，看得那么认真，也会自己突然笑起来。

那么好学的崽崽，真让人感动和感叹。

手机或者电视里放音乐，你靠在台子上，居然很有节奏感的、随着音乐扭动着小身体，你一岁。

你似乎对音乐很敏感，有时一边玩儿一边听，当音乐停止的时候，你总是在第一时间察觉到。

在电梯里，你会用毫无戒备的清澈眼神注视陌生人，甚至友好地打招呼，当有人和你打招呼时，你的小手心朝内晃动，回应的方式真可爱。是的，"可爱"这个词是专属于你的，简直就是一个"可爱多"。

有个金发小姐姐，在儿童游乐场看到你，就一直围着你转，护着你玩儿木马，陪着你一起玩儿滑梯，还试图抱你，累得双颊通红也没能抱起胖乎乎的你。

电梯里，有个外国阿姨太喜欢你了，为了博你一笑，她使尽浑身解数，又蹦又跳又做鬼脸，爱笑的你却不笑，嘟着小胖脸，一脸严肃、用探究的眼神望着她。

她下电梯时好失落啊。

第一次吃西瓜，你啃瓜皮，妈妈示范之后，你立刻醒悟，把整个小脸蛋埋在西瓜瓤里，甜蜜的汁液，沾在小脸蛋、小鼻头上。

看到身边人笑着看你——你那么爱吃，仍然举起来慷慨地让别人。

无论吃什么好吃的东西，你都会用好看的胖胖的小手喂妈妈吃，也会让别人——有一次，你坐在厨房玻璃门外吃冰棍儿，对着门一直叫，当我打开门时，你立刻举着还没吃一口的冰棍儿伸过来，眼神无比真诚，那一刻，感动得要命。

你对于流动的水，有一种超乎寻常的"兴趣"，当那些清澈水流从你指间滑过的时候，你专注异常，没有任何事情可以干扰你。

你玩儿水，还玩儿出了花样：喜欢捡地上或者海边的石子，扔进浴缸、水池和喷泉的池子里，看清澈的水花飞溅，又惊奇又开心。

在去德国小镇的路上，看到一个掩映在树丛里的清澈小溪，水流冰冷湍急，你玩儿得不亦乐乎。

你对水痴迷，可能既惊讶于水的清澈流动，也更开心你能任意改变它的流量、流速和方向吧？

陶醉在神奇的水世界里，你就是最帅的小水神。

看到任何容器，你会立刻联想到水，知道可以容纳水，并且有举一反三的能力——看到做冰棍儿的容器，甚至看到地毯上自己的小鞋，都会想到去盛水，大人还都想不到呢。

水是一种强大的力量所在，但在你这里化为绕指柔，完全听命于你，你也享受到"指挥"的快乐。

水，在你小小的心里，一定特别神奇：它可以从管道里流出来还可以从天空上落下来；你也一定注意到了：在不同的容器里，还可以变换不同的形象：可方可圆可大可小。

入住的酒店前门，有一池清水，被粉红色、绿色、金黄色的灯光，辉映得无比梦幻，你立刻被迷住了，两只小脚丫踩在冰凉的水里，冻得通红，就是不肯出来。

你兴奋的小脸蛋，在梦幻般的灯光里无比美好。

在一个日本餐馆排队时，下着小雨，很冷，推门进来的人都穿上了厚厚的羽绒服，而你穿着单薄的衣服，光着小脚丫踩着湿冷的地面，不肯进到温暖的屋子里。

那些从天而降的雨丝和地上的雨水，让你忘乎所以，美食和温暖都无法诱惑你。

你已经可以开关水龙头、控制水量和方向，也会在有人进来时，用小手控制水流突然转向，看别人落花流水的狼狈样，高兴得大笑。

你想出门的时候，会跑到过道，把妈妈一双漂亮的红皮鞋拿进来，蹲在地上，嗯嗯啊啊的，要给妈妈穿上，还抓着眼镜往妈妈脸上用力按，试图为妈妈戴上。

有一次，你拿着爸爸的一只鞋，摇摇晃晃走着，那只大鞋在你小手的对比下，简直像条船——你吃力地把鞋从过道捧到客厅，然后笑嘻嘻地扔进纸筐里。

你可以独立走一小段路了，蹒跚着，急急忙忙地，摔倒了爬起来，一次又一次。

你那么小，光着娇嫩的小脚丫走在干草地、沙子地或者灌木丛中，有时扎了刺、或者受了伤，也不哭不让抱。

家里买了圆桌和两个高凳子，你一个人在客厅，把凳子掀翻了，双腿压在凳子下面，不哭不喊，自己一点点奋力挣脱。

从跌跌撞撞、不断摔"屁墩"到现在走得很稳，经常在房间里随意溜达，带着得意的小王子般的神情。

你生病了，高烧40多度，好几天了，除了梨片和奶，几乎不吃任何东西。小脸烧得通红，呼吸急促，无力地靠在妈妈怀里。

只要有点儿精神，还玩儿还笑，还小手举着梨片让别人。

很小的时候，饿了，就会去放奶瓶的小桌上找奶瓶。出去玩儿进门饿了，就用小手抓起早餐剩下的半个煮鸡蛋，一口塞进嘴里，或者，捡起早餐盘子里的面包，用稚嫩的小牙牙，很努力地撕扯面包。

你让妈妈开冰箱门、拿冰棍儿的时候，很霸气，还有一丝不耐烦，有时索性就叫"妈"。

你之前被冰箱门，撞了个"小屁墩"，所以妈妈一过来，手刚放到冰箱门上——你反应灵敏，转身就跑，蹒跚着，小脸蛋上的表情有些紧张，一直跑到厨房门外，你认为安全了，又会返回来在门口探头探脑。

你那么小，就懂得保护自己。

你特别友好，喜欢牵起我的手，和你走到客厅里，把你的小手握在手心里的感觉，那么温馨。

你曾经把一张折叠的小纸片、一个上面印有金色英文字母的商标送给我——在成人眼里，那可能一文不值，但在你纯洁的心里，一定是当作最珍贵的礼物送给我的。

你似乎特别喜欢送"礼物"给我——一次在过道看见我，高兴笑着，顺手拿起一个空瓶子递给我。还有一次，你坐在卧室的床上，身边没有任何可当作"礼物"的东西，急中生智，抓起毛巾被的一角递给我。

你真是特别聪明，有七个各种颜色的塑料小杯，你只玩儿两次，就可以准确把它们按照大小摞起来，那么自信那么果决，微笑着，带着小小的得意，毫不迟疑。

你在日本餐馆墙壁上，看到一个可以调节灯光明暗的开关，这立刻吸引了你，你似乎也立刻明白灯光与这个开关的关系，明白灯光的忽明忽暗是这个开关的作用，在食客们的惊叫声里，你测试了好几次，证明了自己的猜想是对的，光洁的小脸蛋充满得意。

咱们去了波特兰——那个城市有五彩的树，简直美极了。往返车程N个小时，你特别乖、特别高兴、特别精力充沛。

爸爸妈妈还担心你在外住宿不适应，甚至做好了如果你哭闹就连夜返回的准备，可你的适应性超过预期。

只是，可能变换了环境，对于你太新奇了，两天里除了奶和梨片，你几乎不吃任何东西。

仍然活泼可爱，笑声悦耳。你看到爸爸推着很大的行李箱，也跟在旁边用小手推着，能推动那么一个庞然大物，你很骄傲呢。

只是，在抵达哥伦比亚大峡谷时，你睡着了——错过了这个宝贵的机会。你似乎是大峡谷最小的客人了，妈妈因为抱着你，也因此错过这个漫长旅程中最精彩一幕。

在波特兰动物园，你留下了最小的男子气十足的照片：骑在一个小铜狮子上，像英俊的小狮子王。

回程天色将晚，你睡得很香甜——睁眼醒来，立刻笑了，真是快乐宝贝。

你的笑容是我见过的最美的笑容，笑声一串串的，好听极了。

一般那么小的孩子，眉毛都是淡淡的，我们小崽崽，那两道英气的剑眉，怪不得一个外国女人预言："将来不定有多少女孩一见倾心呢。"完全可能啊。

去瑞尼尔雪山，是我神往已久的事。

几百里盘山路，往返行程一天，快到家时，都是晚上十点多了，你不哭不闹，一直靠在妈妈怀里——借着车窗外偶尔闪过的灯光，能看见你已经困了，仍然努力睁大着眼睛。

你看过大人用电子钥匙开车库的门就默默学会了，每次开车库门，就成为你的专职，笃信的样子真的很酷。

你会开手机点开自己想看的视频，不是你想看的，就用小手轻滑页面；看到自己吹泡泡、彩色泡泡满天飞的视频，你就会笑得止不住，都快笑出眼泪了。

像你这么小的孩子，性别特点还不明显，有的孩子乖乖靠在长辈的怀里，看上去分不清是不是男孩——而你，已经像个小小男子汉了，表情生动，充满活力，比如吃饭，你会大口塞进去，用小手背抹抹嘴。

有一次，你站在一个小土坡上，看得出来，你有点儿害怕，也不知道怎么下去？妈妈就站在不远处。

意外的是，你并不求助，思索了一会儿，小心地蹲下，双手撑着地面，慢慢地蹭了下来。

证明你那么小，已经有了思考和解决问题的小能力，也证明了一个心理学家的话：孩子远比我们以为的聪明。

枫叶最红的时候，满树如美丽的火焰燃烧，地上的落叶，如艳丽的红地毯。

你穿着红色小衣服，站在高大的枫树前，像一枚饱满甜蜜的小红果子，与自然那么和谐，你低头捡枫叶的样子，美如一幅油画。

你穿上一双鲜黄色的小雨靴，神气极了，不肯脱下来，还有一双红色的圣诞鞋，穿上就会立刻跑到镜子前面去照，这说明：你已经有了对自我的认知，知道镜子里那个小小帅哥就是自己。

你最先学会的词汇，除了爸爸妈妈，竟然是毛毛虫、水母和飞碟，有地上的、海里的还有天上的。

你能听懂很多话了，小嘴儿也一天天说个不停，还会模仿机关枪、警车、警笛、救火车和飞机轰鸣的声音，能听懂一些英文，和外国小朋友玩儿时说英文，和中国小朋友玩儿时说中文。

听说你现在最感兴趣的是八大行星、宇宙飞船和外星人。

有一次，觉得爸爸是外星人入侵，还拿起棍子较量了一番。

在动物园看到银背大猩猩，知道银背大猩猩最厉害、最有劲儿，就一心想当银背大猩猩——妈妈用一大块锡纸，贴在你 T 恤衫的后面充当"银背"，你很满意，在房间里走来走去的，十分威武。

……

亲爱的崽崽，在你不到两岁的时候，我离开你回国——你仿佛有心灵感应似的——那两天你无论如何不肯午睡，那么小的你，从早晨五六点钟一直撑到晚上十点。

在机场，就在要入海关时，你在爸爸怀里突然向我张开小手——你把头靠在我的肩膀上，我紧紧拥抱了你温暖的小身体。

感恩有你崽崽，你让我确信：天使在人间。

你让我愿意变得更好——如果不能变得更好，如何配得上有你呢？

崽崽，你也是我今生见到的最美、最美的风景啊。

与前副总理的近距离接触

2004 年 12 月 15 日下午三点，中央国家机关工委在北京美术馆后街的康铭大厦，举办了中央国家机关女领导干部联谊会，并邀请李岚清作了题为"音乐与人生"的讲座。

那是一个可以容纳 300 多人的小礼堂，主席台并不高，台前是一盆盆叶片肥厚、青绿的万年青，主席台右侧，摆放着一架钢琴。

礼堂的前三排座位，是留给中央和国务院各部委女领导干部的。

作为全国三八红旗手和记者，我也在被邀之列，坐在顾秀莲这些女部长们身后第四排中间位置，可以与前副总理近距离接触。

李岚清穿深色西装，气质儒雅，谈到他书中提到的那些欧洲经典音乐家们，如数家珍。

李岚清讲了一个关于《婚礼进行曲》的有趣故事。

国外有两首《婚礼进行曲》，其中一首是德国大音乐家瓦格纳歌剧《罗恩格林》中的一段乐曲，竟变成全世界通用的《婚礼进行曲》，另一首是德国大音乐家门德尔松创作的《婚礼进行曲》，通常用于表现婚礼中的欢快场面。

在西方，两首曲子会同时在婚礼上使用——瓦格纳的《婚礼进行曲》用在新人步入礼堂时，门德尔松的《婚礼进行曲》则用在婚礼结束、新人步出礼堂时。

其间，李岚清还邀我们和他一起聆听了《婚礼进行曲》《莫斯科河上的黎明》《念故乡》等名曲的部分精彩片段。

当谈到根据捷克著名音乐家德沃夏克的《e小调第九交响曲》第二乐章主题填词而成的英文歌《念故乡》时，李岚清说，这首歌曲的神奇之处在于，不用唱歌词，只要哼唱曲调，就能引发人的思乡之愁，它会让人想起我国唐代大诗人李白的《静夜思》，二者有异曲同工之妙。

他随着乐曲哼唱《念故乡》的曲调，纯正而富有魅力的音色，将我们带入一种淡淡的乡愁里。

全场宁静，只有音乐水一样清澈地流淌。

李岚清说：音乐是人的精神食粮，没有音乐的生活是无法想象的。

很早之前，李岚清就提出要恢复中小学生的音乐课，因为师资问题，这样做是有困难的，但他认为应该想办法解决困难。

他还主张在大学里进行音乐补课。

他谈到，并不是音乐就是美育，但音乐却是美育的重要部分。他说，作为现代知识分子，如果只有专业知识，而不懂审美和音乐，就不算高素质的知识分子。

李岚清还谈到，18世纪末，西方解剖学家就研究过人类大脑的分工。20世纪60年代，美国医生治疗癫痫病时，切断了大脑中间的连接部位，由此发现人类左右脑的功能不一样，左半球大脑担任语言、阅读、逻辑推理、数学、分析等功能，称为"语言脑"，右半球大脑则侧重事物、形象、音乐、艺术和直觉等综合思维活动，称为"音乐脑"。而我们的教育，偏重于左脑的开发，所以，我们还应该提倡右半球大脑的开发。

全脑的开发，这个问题，现在全世界都很重视。

受舅父的影响，他很小的时候就接触了一些欧洲经典音乐，并对此产生了极大兴趣。

正是基于上述对于音乐的看法和认识，他很早就萌发了一个愿望：有朝一日，作为一个经典音乐的爱好者，写一本普及性质的书，以期更有利于广大读者对欧洲经典音乐的理解。他觉得，我国很多音乐方面的出版物比较专业，普通读者不易看懂。

在多年分管文化教育工作的过程中，他又结合个人兴趣和工作需要，在学习有关方面知识的同时，注意收集和积累资料，作了若干笔记。

但是，当时由于工作太忙而无暇系统整理，直到离开工作岗位并写完第一本书《李岚清教育访谈录》以后，他才开始了《李岚清音乐笔谈》一书的写作。

从这一愿望的萌发到出书，整个过程大约历时 8 年时间，收集图片有上万张。李岚清有些遗憾地说，可是因为版权等问题，书中使用的图片只有几百张。

约翰·施特劳斯出生于奥地利的维也纳，是李岚清最喜爱的音乐家之一，施特劳斯的《维也纳森林的故事》《美丽的蓝色多瑙河》《春之声》的优美旋律，都深深打动过他。

在介绍施特劳斯的论著和文章中，经常提到施特劳斯 1872 年在美国的演出活动。因为正是这次演出，使他由一位欧洲大音乐家成为世界级的大音乐家。

但是，关于这次演出活动的具体情况却说法不一，甚至差别很大。

对此，李岚清在写作施特劳斯的有关章节时，他想了一个办法，就是查阅当时当地出版的报刊和有关报道文章。

李岚清请大使馆的工作人员帮忙，他们帮他找来了一大堆 1872 年 7 月 13 日的《纽约时报》和《纽约太阳报》。有的允许复印，有的不能复印，大使馆的工作人员就替他抄写下来。

讲到这里，他笑了，说，也算是利用了一点职权吧。

他的幽默引起一片笑声。

在《李岚清音乐笔谈》中，他一共介绍了50位欧洲经典音乐家，资料的收集和核实，该是怎样一个浩大的工程啊。

从他的人生里我也有两点感悟：如果想做一件事，只要认真努力、锲而不舍，就一定能做成。另外，做一件事，无论多晚也不算迟。

李岚清说，他是从71岁开始学习篆刻的。起初，他想请老师教，老师很为难，不知道怎样教。

他就自己买书看，自己学着刻。他刻的时候，还不单占时间，而是利用新闻联播的时间。

李岚清说，他只听新闻就可以了，不用看。

他说，电视里的那些同志我都认识。

下面又是一片笑声。

李岚清是在篆刻50个图章之后才开始拜师的。

他刚开始写书，是用铅笔写，由秘书在电脑上敲出来，他再修改。而现在，他使用"汉王代码"软件，可以写作、编辑，还可以制作表格了。

他说，乐谱是相通的，音乐里面蕴藏着人类感情的代码，更便于交流。有时，文化的交流比宣讲更重要。

李岚清出访过很多国家。

1995年出访挪威时，他在当天的欢迎晚宴上致辞时，提到了挪威著名剧作家易卜生和大作曲家、钢琴家格里格，晚宴的气氛顿时活跃热烈起来。

挪威副总理带头鼓掌，还临时改变日程，亲自陪同他们参观卑尔根的格里格故乡。这位副总理还告诉李岚清，在挪威，对谁都可以批评，唯独不能批评易卜生和格里格，他们是神圣的。

1996 年，李岚清访英时去苏格兰，苏格兰事务大臣在爱丁堡设宴欢迎中国代表团。其间，询问中国代表团成员是否会唱苏格兰美丽的民歌《友谊地久天长》，并建议大家一起唱歌。

代表团的成员都会唱这首歌，而李岚清还会用苏格兰语唱，于是，宾主双方引吭高歌，使晚宴气氛达到了高潮。

2000 年李岚清访问法国。

法国总统希拉克对我国西周的青铜器很有研究。会谈中，希拉克说中文，李岚清讲法语，会见时间超过了预定时间的一倍。最后，希拉克居然告诉李岚清一个秘密，说自己正准备写一部名叫《李白》的电影剧本。希拉克说，他了解中国人对李白的传统看法，但不太了解中国青年人对李白的看法，请李岚清帮他收集这方面的资料。

李岚清回国后，就请北京大学的专家帮助收集了有关论文，并翻译成法文汇集成册，送给了希拉克，他自然十分高兴。

2001 年访问俄罗斯时，中国代表团在使馆招待俄国军政界的要人，俄罗斯军乐队演奏助兴。

莫斯科市长问李岚清，会不会唱《莫斯科郊外的晚上》这首歌？他回答，我 1956 年就会唱了，而且可以四段完整地唱下来。

莫斯科市长说，你太不简单了，一般专业演员只唱二三段。而我也可以，我们俩，是世界上唯一可以唱四段《莫斯科郊外的晚上》的人。

那一晚的气氛因此变得非常之好。

我们常常用"岁月如歌"来描述逝去的年华，那么，对于李岚清来说，音乐就是他外交活动和如歌岁月中的美丽音符了。

在讲座的将近三个小时里，李岚清始终声音洪亮、精神饱满，看不出丝毫的倦怠。

讲座结束时，他还应与会者的要求，在钢琴上演奏了《二泉映月》。

曲终时，掌声响起来，经久不息。

良师益友阎纲（节选）

阎纲老师，中国文坛一棵饱经风雨的树，靠近他的人无不感念其美好。

美好的力量不在于征服而在于净化。

我笔力柔弱，无法展现一棵树的丰沛与丰姿。

然而，除了文字，我找不到更好的表达方式。

（一）

2001 年的"长江笔会"上。

江轮沿长江逆流而上，到达被称为三大火炉之一的山城重庆。

窗外树影婆娑，蝉鸣撕心裂肺、声声入耳，头顶的电风扇嗡嗡旋转着，送来满室的清凉。

忽听有人叫我的名字，循声望去，看见一位长者，穿着短袖白衬衫，清癯、温文尔雅："我是阎纲，你还记得吗？"

我想起来了——几年前，作为史光柱诗歌的责任编辑，我受邀参加了有诸多学者出席的"史光柱诗歌研讨会"，当时坐在我旁边的就是阎纲老师。

窗外，正蝉声如雨，阎纲老师稍稍提高声音自我介绍：姓名、供职单位以及他这次参加笔会的心情，除此之外，并没有一句关于职位和成就的表述。

他说话柔声细语的，不疾不徐，与树上集体嘶鸣的蝉声形成强烈对比，蝉声越焦躁，越显其安详。

就是在这次笔会上，我得知阎纲老师不久前痛失爱女阎荷……阎荷被确诊为晚期卵巢肿瘤，仅仅一夜间，就勇敢接受了这个残酷的现实。

一个个难熬的白天和更加漫长、难熬的夜晚，她总是以微笑示人，连协和医院的大夫都说，阎荷是我们见过的最坚强的病人。

阎纲长叹："吻别女儿，痛定思痛，觉得死亡也没有什么可怕。死后，我将会再见先我一步在那儿的女儿和我心爱的一切人，所以，我活着就要爱人，爱良心未泯的人，爱这诡谲的宇宙，爱生命本身，爱每一本展开的书，与世界上第一流的思想家作精神上的交流。"

如今，我已记不清"长江笔会"上别人都说了什么，却永远记住了阎纲老师的话："小华，一定要好好活着！"

（二）

2008 年 7 月，我的长篇自传体文学《坚守生命》即将出版，出版社的资深编辑点拨我找一个名人写序。

找谁写啊？

请阎纲老师写啊！大名鼎鼎的文学评论家，没有比他更合适的人选了。

我犹豫着拨通了阎纲老师的电话，吞吞吐吐说出了写序的事。

小华，真为你高兴啊。

他的语气里，透着由衷的喜悦：这么着吧，我过几天要去沈从文先生的家乡拜访，你记一下我的邮箱地址，尽快发给我看看。

时下的北京，三伏桑拿天、高温闷热，整个就一大蒸笼，让76岁的阎纲老师关在小屋里，挥汗如雨，看20多万字，还写评论？

真不忍心。

几天之后，收到阎纲老师发来的《序》：刀尖上的舞蹈。

"古今至文多血泪。"

"至情至性、和血和泪。生是啼血换来的，欢乐是痛苦换来的。作品的描写犹如涓涓溪水流过人的心田，却在惊涛骇浪中浮现出一个美丽的灵魂。"

"生命之于人，只有一次，她起码死过两回——灾难是毁灭性的，厄运践踏了青春。"

"只有扼住命运喉咙的钢铁汉子才敢于挑战厄运，可那时，她还是一个花季少女。让人吃惊的是，她从死神的抓捕中挣脱出来，从成年累月被虎狼撕咬的疼痛中硬挺过来。"

"她性情纤柔而内涵坚韧，秉笔直书而摇曳多姿，散文化的语言自然流畅，忧伤然而清纯……把勇敢与娴静集于一身，说尽生离死别，充满人生况味，命途之多桀，情绪之起伏，紧紧牵动着读者的心。"

"纤笔一支谁与似？直面厄运、体验危难、超越极限。"

此书出版之后，网络上、读者的读后感中，多引用他的这些精彩评点。

这本书多次重印，曾名列西单图书大厦热销榜前10，并获得国家新闻出版署2009年全国"100本优秀图书奖"。

……

当我向他致谢时，他刚要启程奔赴湘西沈先生家乡，火车大概要走一天一夜还多。

他匆匆回复了几个字：为朋友做事，虽累无怨。

（三）

2011年10月，由新华出版社创刊了一本传记文学丛书《立传》："立天地之心，传民族之魂。"主编是专攻传记文学的博士后李健健。

阎纲老师推荐我的一篇文章在《立传》上发表，李健健读后，希望我再为《立传》写点儿东西，问我有什么题材？

我不假思索就说，想写史铁生。刚说完，就后悔了，这是不是太不自量力了？

她想必是跟阎纲老师说了，阎纲老师当晚在邮件中鼓励我："铁生，你写很投缘，一定能写好。"

我立刻热血沸腾：一个你那么尊敬和在乎的人都说你行，你能让他失望吗？

我好久没有这样的状态了，几乎是如痴如狂、不休不眠，在最佳的写作状态中，三万多字的《温暖的朋友——史铁生》，几乎一气呵成。

李健健及时转给了阎纲老师，并请他为此篇写"荐言"，阎纲老师在除夕夜写完《荐言》："凡人都必死，可又得活着，这是一道生命哲学的尖端命题，人活着，靠的是精神，死了，留下的是精神，死，也得有点儿精神"。

他跟健健说："泽华此文是诗，上乘之作！"

次年3月，听说健健夫妇陪阎纲老师一起来看我，我简直不敢相信。我用未受伤的右腿踩着床帮，用没有摔伤过的左臂把卧室和客厅的窗帘、被罩都扯下来，泡到洗衣机里"大洗"。

24日那天，刮着很大的风，从窗口能看见亮马河边的杨树在风中剧烈摇晃，还超级堵车。

10多年没见，他依然神采奕奕、笑容和善，特别儒雅和精神。他的手冻得冰凉冰凉的。

我把阎纲老师让到沙发上，把一个小毛毯盖在他身上，又抓过来一个毛绒绒的靠垫让他抱在怀里，让他先用一杯热水暖暖手，他却执意和我们一起去厨房包饺子。

厨房里更冷，案子低，阎纲老师弯着腰擀饺子皮，李健健他们包饺子。

羊肉胡萝卜馅饺子端上来了。四个人落座、举杯轻碰。

整个下午，房间里轻轻回响着班得瑞"一尘不染"的轻音乐，在优美的旋律中，我们围在圆桌旁，喝茶、吃好吃的，像家人一样聊天，聊生活、聊文学、聊过往和未来，听阎纲老师讲故事，气氛融洽、轻松，美好得令我至今难忘。饭后，照相留影。

阎纲老师《美丽的夭亡》一书的作者照（褐色中式上衣，黑白图案的围巾）和微信上的头像，就是那天拍的，放大看，还能看见我家沙发的靠垫呢。

（四）

我在《坚守生命》一书里曾经写过，女儿小时候，我带她去京西宾馆采访，回来时很晚了，就用书包带把女儿绑在车后座上，怕她睡着了感冒，还买了一根冰棍儿哄她。

等我骑车赶到家时，女儿早睡着了，冰棍儿也全融化掉了，女儿冰凉的小手里还紧紧攥着那根小棍儿。

有一次，我问女儿将来想干什么？她仰着小脸儿说：妈妈，将来我想当卖冰棍儿的，可是我不卖，我全拿回家自己吃。

这个在我车后座上长大、手里捏着一根小棍儿睡着的孩子，曾让阎纲老师伤心动容，成为《序》里浓重的一笔，他说，他从这个孩子身上预见到妈妈般的坚韧。

谁也没想到，这个当年幼稚可爱、想当卖冰棍儿的女孩儿，大学一毕业，就完全甩开中介，独立完成繁重、复杂的申请工作，并得到美国研究生院的全额奖学金，孤身一人，远赴重洋。

她的像一本书那么厚的毕业论文，与导师的名字并列在一起，发表在美国的学术报刊上，这是极大的殊荣。

她几乎走遍美国：抵达过太平洋深处、波西米亚人的原始部落；北美洲大陆最南端、加勒比海最深处；飞跃科罗拉多大峡谷；也到达过印第安人跪地流泪、称之为"圣地"的犹他州；参观阿灵顿国家公墓，攀登过险峻的"天使降临峰"。

女儿懂得了"最清晰的脚印，总是印在最泥泞的路上"；懂得了"每一道彩虹，都由暴雨来成全"，她用不到两年的时间，写作并出版了两本青春励志书，与同龄人分享她的经历、感动和感悟。

第一本书《因为有梦 所以远方》首印4000册，仅仅一个月就销售一空，至今，已经重印四次。

女儿还是西雅图中文电台的播音主持和记者，这家电台采访过美国驻中国大使骆家辉、环球旅行家马中欣、众多美国议员和中美企业家们。

当我把好消息与阎纲老师分享的时候，他说："小华，你能想象出我多么欣慰多么高兴吗？"

女儿的婚礼，在邀请阎纲老师的问题上，我曾经纠结了很久。

我知道，他"懒于走动"，常说："时间不等人啊，就怕有一天突然倒下。"没想到，当我邀请他时，他立刻就答应了，让我大喜过望。

我说，请了一个朋友那天专门接送您，他开车稳，您放心。

他坚辞：你只管关照其他人，我坐惯了公交车，准时到达。

我真不放心，知道他就曾因挤公交车髋骨粉碎了七块，左臂鹰嘴骨也折断过，但他有陕西愣娃的拧劲儿，我拗不过他。

那天一大早，在喜气洋洋、熙熙攘攘的来宾中，我一眼就看见了阎纲老师，激动极了——他来得那么早，手里还提着一个装裱好的画框，是送给女儿的新婚礼物，我接过来，真沉！

80岁的他，至于多早起的、几点出的门、换了几趟车，一句不提，只说，别管我，去招呼客人。

阎纲老师能来，我们全家又意外又欢喜，从山西赶来的父亲一直有个心愿，想见见阎纲老师。

此刻，他握着阎纲老师的手，激动得流泪了。

但当礼仪结束，我和爱人挨桌给来宾敬酒时，才发现不知什么时候，阎纲老师已经悄悄离开了，没有惊动任何人。

他为别人做什么，都好像是自己应该的。

我向他转达父亲的心意，阎纲老师在邮件里回复说："我看见老兄的泪水了……咱们共同超越痛苦，都好好活着！"

最近一次见到阎纲老师，是2015年3月8日，八宝山刘茵老师的追悼会上，他给刘茵老师的花圈送了四个字："茵容宛在"，千言万语尽在不言中了。

他看上去更瘦了，站在人群中那么孤单。

看见我，他一再说："你怎么也来了，这么远，你出门多不容易。"从那之后，我发现阎纲老师回复邮件的时间，大多在晚上十一二点，有时甚至是凌晨四点钟。

后来才知道，在这期间，阎纲老师用两年多的夜以继日、废寝忘食，完成了一部148万字的《阎纲专辑》，是他家乡约写的文史资料。

在这部专辑的后记里，他写道："《阎纲专辑》不过点点星火、行行脚印，留给乡亲们一段历史的见证……我说过，离开这个世界，不建墓，

214

不与人间争地、灰飞烟灭、魂飞魄散，想念在心里，读我就是悼念。巴金讲真话，他创建的中国现代文学馆，就是作家的八宝山，书柜里安置的，就是作家的骨灰盒。感谢家乡父老兄弟，让我超前亲见自己的骨灰盒，悲欣交集、怀之暖心。"

（五）

2012 年，我在《立传》上发表写史铁生的文章之后，北京一家著名出版社邀我写《史铁生传》。

我深感笔力柔弱，同时，这个提议又充满挑战，让我"欲行又止、欲罢不能"。还是阎纲老师鼓励我：这是一件值得付出的事，你写，我作序。

还犹豫什么呢?

用了整整一年的时间。

在这一年里，女儿回国、筹划女儿北京和上海两地的婚礼；多次跑医院：拔牙引起高烧；因为拼命敲电脑得了角膜炎；犯了颈椎病，好几天爬不起来；右腿骨关节炎日益恶化，几乎走不了路，两星期一次，到医院直接往膝盖上注射药物，注射后膝盖肿胀疼痛、必须卧床。

这期间，我也有过多次想放弃的念头……

想到阎纲老师，又会因为想放弃而羞愧。

多年伏案工作，阎纲老师有非常严重的颈椎综合征，常常头晕、天旋地转的，还要经常跑医院。

有时医生让他住院他都一拖再拖，还要自己取药、做饭、跑邮局。他是名人，更多人求助他：家乡的父老乡亲；家乡媒体求字、求文、求扶植新人；求给作品提意见、推荐或者写序、写评论；来访者拜访者，各种作品研讨会……

但他一直笔耕不辍、争分夺秒，是令我深深感动的榜样，是我前面的一道光，使我向着那光追寻。

我终于为这本十多万字的书稿完成最后一个句号。

这期间，阎纲老师曾经要书稿写序用。

他是非常认真的人。

无论多忙，只要答应写序，必看原作，通常是十几万字甚至更多。看完原稿，他给了我一个文学评论家所能给出的很高的评价：无懈可击，读出了诗人的底蕴。

至于他多么劳累，一字不提。

令人始料不及的是：我的书稿，因为约稿出版社编辑的变动而搁浅；更让我始料不及的是，这一搁浅就是七年。

一家国家级出版社总编亲自给我回信，肯定了这本书的价值，并指点我应该申请出版资金；另一家京城出版社，都过了最终校对，也签了出版合同，最后出版社违约，我终不知何故，也懒得追问。

还有一家很有名的私营出版社，那读书稿的人不住夸赞"我阅书稿无数，很欣赏你的文笔，很愿意出版。"最后说"只是，我们没有国家拨款，要养活出版社一千人，很不容易。这本书，可以不要稿酬吗？"

……

过去七年了，阎纲老师却还惦念着书稿的命运。

不久得知，他把书稿转给大型文化刊物《秦岭》主编邢小利老师，邢小利老师是陕西著名散文家和文学评论家，著作颇丰，也是《陈忠实传》的作者。他生动、丰满、真实，立体地还原了陈忠实先生如《白鹿原》般传奇色彩的人生和人格魅力。

《史铁生传》在《秦岭》上连载。

随后，陕西师范大学出版总社冯晓立老师通过阎纲老师，将国际长途打到西雅图，问我是否可以授权出版此书？

这个天大的惊喜，简直让我不敢相信。

我永远忘不了西雅图深夜里经历的那种温暖、激动和感动。

仅仅半年，这本《史铁生传》就顺利出版。

阎纲老师写了序言：史铁生，与病痛为伴，淡泊人生，苦苦求索，葆有顽强的生命力，石破天惊，极具有研究的价值。

书作者赵泽华，一个火车轧伤、左腿截肢，高楼倒栽、右臂错位，死过两次，终于战胜死神"在刀尖上跳舞"的编者、作家。两个同样命运坎坷的作家，在零距离的交往中，在共同与生命周旋的过程中，结为无话不谈的挚友。他们感同身受，做内心深处的交流。

书名《从炼狱到天堂——史铁生传》，题记"你的身体似一座炼狱，而你的灵魂光明如天堂。"善哉！不在炼狱受磨，哪有诚心度化天堂？

地坛是他的精神家园，他活在那里。

2016 年 4 月 20 日

【附识】从干校返城，我胃底长肉瘤了，术后，阅读史铁生"遥远的"却近在我们陕西家乡的"清平湾"，反反复复地读着。我在破老汉和作品里"我"的身上琢磨民族传承的意蕴和当下生命存在的方式，不禁泪眼婆娑。我去地坛练功。地坛，史铁生灵魂的栖息地。我蹬自行车，带着癌症术后的女儿投身地坛，练郭林功……，然后寻找史铁生轮椅云游的线路和印痕，似乎那里就是他想到死又想到生的地方，似乎远处传来妈妈唤儿时焦虑不安的音调。当我想到清平湾也是我的家乡，想到我去地坛练站桩，陪伴女儿沿着史铁生轮椅碾过的印迹追问人生、寻求救赎的情景，我勇敢了，终于将写序的事应承下来。

……

此书出版的时候，我还在西雅图，国内的一些相关宣传事项，完全使不上劲儿，又多亏阎纲老师，贡献出自己的人脉和宝贵时间，主动和多家京城媒体联系，一些媒体也约他写书评和介绍文章，他都欣然应允，占用自己本来就少得可怜的睡眠时间，常常熬夜。

《光明日报》《深圳特区报》《中华读书报》《文学报》《文艺报》《洛阳日报》《洛阳晚报》《黔西南日报》等；新浪博客、搜狐、凤凰网大风号、中国作家网、人民网、文学网、中国人物传记网、读书网、中国散文网、光明网、中国高校教材图书网、香港大书城和内蒙古、甘肃等网站，相继发表或者转载了阎纲老师为这本书写的序、评论文章以及相关信息。

我深深感动，这本书从写序、推荐、策划宣传、亲自摇旗呐喊、排队取稿费，所有善后，他都包圆了。

从他这里我相信，这个世界上就是有如此美好的人。

曾经，也有并不相熟的作者请他看长篇习作，他认真看了并且提出中肯的意见，对方寄来数千元作为酬谢，阎纲老师亲自到邮局退寄，对方再寄他再退。

真诚、善意、助人为乐，是他的一贯。

我常常会想起多年前长江笔会在甲板上看见阎纲老师时的情景：他手扶船舷，默默注视着水墨画卷般旷阔的江面。滔滔江水，如千万匹土黄色骏马奔腾不息。

两岸青山、万仞峭壁以及峭壁上的苍苍古木，都笼罩在蒙蒙细雨中，如一幅动态而巨大的背景，将他修长身影衬托出忧伤的意味。

生于忧患，国难家仇，遍体鳞伤，忧伤然而坚毅。

他如《圣经》中那个屡遭试炼、信念神圣的约伯；如海明威笔下《老人与海》中那个"可以被毁灭，不可以被打败"的渔夫圣地亚哥。

当你知晓阎纲老师所经历的一切之后，再看他平静的眼神、真诚的笑容、温度不变的心，就会得到一种净化的力量。

苏轼说过：君子如铁亦如玉。

阎纲老师，坚韧如铁、人品如玉，也像金子一样落地有声。